기차의 꿈

TRAIN DREAMS
by Denis Johnson

Copyright © Denis Johnson 2002
All rights reserved.
Korean translation rights arranged with Farrar, Straus and Giroux, New York
through KCC(Korea Copyright Center Inc.), Seoul.
Korean translation copyright © 2025 by Dasan Books Co., Ltd.

이 책의 한국어판 저작권은 ㈜한국저작권센터(KCC)를 통한
저작권사와의 독점 계약으로 ㈜다산북스에 있습니다.
저작권법에 의해 한국 내에서 보호를 받는 저작물이므로 무단 전재와 복제를 금합니다.

Train Dreams
기차의 꿈

데니스 존슨 소설 | 김승욱 옮김

다산책방

신디 리에게 영원히

1

 1917년 여름 로버트 그레이니어는 아이다호 팬핸들에서 스포캔 국제철도 회사 창고의 물건을 훔치다가 잡힌, 그러니까 어쨌든 그런 짓을 저질렀다는 혐의를 받는 중국인 노동자를 죽이려는 사람들 무리에 가담했다.
 철도회사 무리 세 명은 중국인 도둑을 제압해서, 모이강에 50피트† 높이로 건설 중이던 다리까지 긴 강둑을 따라 끌고 갔다. 중국인의 입에서 단조로운 곡조 같은 말이 빠르게 계속 쏟아져 나왔다. 그는 자루 속에 갇힌 족제비처럼 몸부림을 치면서 자유로운 한쪽 주먹을 뒤로 내질러

---

† 미국에서 사용하는 길이 단위. 1피트는 30.48센티미터에 해당한다.

자신의 목을 잡고 있는 남자를 노렸다. 그레이니어는 그들이 옆을 지나갈 때 다소 힘들어하는 것을 보고 손을 빌려주었다. 정신을 차리고 보니 자신이 범인의 맨발 한 짝을 붙잡고 있었다. 그와 마주 보는 위치에는 스포캔 국제철도의 간부인 시어스 씨가 있었는데, 그는 중국인의 겨드랑이를 대충 아무렇게나 붙든 채, 알아들을 수 없는 말을 쏟아내는 중국인을 제외하고는 일당 중 유일하게 그날의 가장 힘든 일을 하면서 말문을 열었다. "이보게들, 이놈 머리 꼭대기가 다시 눈에 띄는 날에는 큰일이야!" 그럼 이놈을 계속 끌고 가야 하나요? 그레이니어는 이렇게 물어보고 싶었지만, 힘들게 몸을 쓰는 중이니 힘을 아끼는 편이 낫겠다는 생각이 들었다. 시어스가 한 번 짧게 웃었다. 피로와 두려움 때문에 얼굴이 창백했다. 그들 모두 흙바닥에 쓰러졌다가 일어났으나 또 쓰러졌다. 중국인이 정신없이 토해내는 말소리에 네 명 다 겁에 질려 있었다. 원래 계획이 무엇이었는지는 알 수 없지만 중국인은 이제 죽은 사람보다 더 죽은 목숨이었다. 그를 공사 중인 다리 위에서 밀어버리는 것 외에는 방법이 없었다.

그들은 다른 사람들과 나란히 섰다. 십여 명쯤 되는 무리가 햇빛 속에서 공구를 가지고 일하는 틈틈이 땀을 훔치며 그들의 행동을 지켜보았다. 그레이니어는 중국인의 딱딱하고 거친 발을 발작적으로 붙들고 늘어지면서 스스로 뭘 하고 있는 걸까 생각했다. 다른 쪽 발을 잡고 있던 남자가 손을 놓고 숨을 몰아쉬며 흙바닥에 앉았다. 그의 손에서 해방되어 파닥거리던 발에 남자가 눈을 맞은 뒤, 그레이니어가 그 발을 잡았다. "그냥 재미로 시작한 건데. 재미로." 흙바닥에 앉은 남자는 이렇게 말하고 나서, 동료들을 향해 말을 이었다. "어이, 젤 투미스, 이제 그만하지." "난 손을 놓을 수가 없어." 투미스 씨라는 사람이 말했다. "내가 놈의 목을 잡고 있다고!" 그러고 나서 웃음을 터뜨린 그의 얼굴을 혼란이 한바탕 휩쓸고 지나갔다. "자, 내가 잡았어요!" 그레이니어가 작은 악마의 양발을 모두 단단히 품에 안고 말했다. "내가 놈을 잡았어요. 말만 해요!"

이 처형자 무리는 다리 공정 중 최근에 완성된 부분 한복판으로 갔다. 급류 위로 60피트 높이였다. 그들은 중국인을 아래로 내던지려고 온갖 방법을 동원했으나, 중국인은 그들의 팔과 다리에 매달려 울면서 횡설수설했다. 그러다 갑자기 그들의 팔다리를 놓아주고 한 손으로 자기 몸 아래의 철제 빔을 움켜쥐었다. 처형인 무리는 어차피 그를 던져버리려고 애쓰던 중이었으므로, 그는 발길질로 쉽

사리 자유의 몸이 되어 다리 가장자리를 넘어가 협곡 위에 대롱대롱 매달린 채로 양손을 번갈아 움직이며 골조만 서 있는 다음 공정 부분으로 이동해 갔다. 그러자 투미스 씨의 동료들이 철제 빔 위에서 균형을 잡으며 서둘러 달려가 중국인의 손가락을 발로 걷어찼다. 중국인은 그물눈 구조를 하고 있는 빔에서 빔으로 곡예사처럼 이동해 아래로 내려갔다. 근처에서 일하고 있던 노동자들 두어 명은 그의 탈출에 환호를 보냈으나, 나머지 노동자들은 그가 쫓기는 이유를 잘 모르면서도 악당을 반드시 잡아야 한다고 소리쳤다. 시어스 씨가 허리띠의 총집에서 커다란 구식 4연발 리볼버를 꺼내 네 발을 모두 쏘았지만 소용이 없었다. 중국인은 이미 사라진 뒤였다.

 이 일이 있은 뒤 집을 향해 산길을 걷던 그레이니어는 아내 글래디스와 갓난 딸 케이트를 위해 후드의 사르사†를 한 병 사려고 철로변 마을 메도크릭의 상점까지 2마

---

† 청미래덩굴속의 식물인 사르사로 향을 낸 음료. 당시 제조사는 피부 및 혈액 질환 치료에 효과적이라고 홍보했다.

일†을 우회했다. 오두막까지 숲속 오르막길을 걷다 보니 몸에서 열이 났다. 마지막 1마일을 마저 걷기 전에 그는 걸음을 멈추고, 모이강에서 몸을 씻었다. 마을에서 상류 쪽으로 깊숙이 들어간 곳이었다.

토요일 밤이라 메도크릭에서 온 철도회사 직원들이 밤놀이를 준비하기 위해 그곳에 많이 모여 있었다. 그들은 옷을 입은 채로 물에서 몸을 씻은 뒤 바위에 앉아 기울어져 가는 햇볕이 계곡을 완전히 떠나기 전에 옷을 말렸다. 그들은 신발을 벗어두고 어깨가 잠길 때까지 천천히 물속으로 걸어 들어가며 물장구를 치고 환성을 질러댔다. 이미 목욕을 마치고 덜덜 떨면서 벌써 수통에 든 위스키를 마시고 있는 남자들도 많았다. 누군가가 머리까지 물에 잠기면, 여기저기서 뻗어나온 팔과 손이 수면에 떠 있는 추레한 모자를 붙잡아주었다. 그레이니어는 아는 사람이 하나도 없었으므로 혼자 따로 떨어져서 자신의 신발과 사르사 병에서 눈을 떼지 않았다.

점점 짙어지는 어둠 속에서 집으로 걸어가던 그레이니어는 사방에 그 중국인이 있는 것 같았다. 길에 서 있는 중

---

† 미국에서 사용하는 길이 단위. 1마일은 1.6킬로미터에 해당한다.

국인. 숲속의 중국인. 양손을 밧줄처럼 늘어뜨린 채 천천히 걷고 있는 중국인. 개울에서 거미처럼 사사삭 기어 나오는 중국인.

✳

그는 사르사를 글래디스에게 주었다. 글래디스는 화덕 옆의 침대에 앉아 아기에게 젖을 먹이고 있었다. 습진 때문에 자리보전을 하고 있는 중이었다. 그녀가 마음만 먹으면 떨치고 일어나 빨래도 하고 감자와 송어로 저녁 식사를 요리할 수도 있었지만, 머리가 아프고 코가 막힐 때는 달콤한 맛이 나는 사르사를 한두 병 마시고 누워서 휴식을 즐기곤 했다. 그레이니어의 갓난 딸도 비염 증세가 있는 것 같았다. 눈에는 눈곱이 끼고, 콧구멍에는 콧물이 방울처럼 매달려 있었다. 아기는 엄마의 젖을 먹으며 쿵쿵거리는 소리를 냈다. 태어난 지 4개월이 된 아기 케이트는 아직 머리카락이 하나도 없었다. 아빠를 알아보는 것 같지도 않았다. 아기가 기침을 시작하지만 않는다면, 이런 가벼운 병으로 심하게 아플 염려는 없었다.

그레이니어는 공간이 하나뿐인 오두막의 탁자 옆에 서

서 근심에 잠겼다. 자신과 다른 남자들이 중국인을 끌고 가는 동안 그 중국인이 분명히 강한 저주를 내렸으니 무슨 일이 생길지 알 수 없었다. 그 광적이고 폭력적인 분위기, 그리고 자신이 바람에 실려 날아가는 홀씨처럼 거기에 휩쓸린 일을 다시 생각하니 놀랍고 당황스러웠지만, 중국인이 저주를 내리기 전에 서둘러 죽여버렸어야 한다는 생각에는 변함이 없었다.

그레이니어는 침대에 걸터앉았다.

"고마워요, 밥." 아내가 말했다.

"사르사가 좋아?"

"네, 좋아요, 밥."

"당신 젖꼭지에서 케이트도 그 맛을 느낄 수 있을까?"

"당연히 느끼죠."

✳

밤에 스포캔 국제철도의 북행 기차가 계곡을 따라 2마일 떨어진 메도크릭을 지나가는 소리를 그들은 여러 번 들었다. 오늘 밤 멀리서 들려오는 기적 소리에 깨어난 그는 밀짚 침대에 아내가 없는 것을 알아차렸다.

글래디스는 케이트와 함께 화덕 옆의 긴 나무의자에 앉아 냄비 가장자리에 차갑게 눌어붙은 귀리죽을 긁어서 손가락 끝에 묻혀 아기의 입에 물려주고 있었다.

"저 애가 아는 게 얼마나 될까, 글래디스? 강아지 정도는 될까?"

"강아지는 젖을 떼고 나면 혼자 살아갈 수 있어요." 글래디스가 말했다.

그레이니어는 그녀의 설명이 이어지기를 기다렸다. 글래디스는 그가 미처 생각하지 못한 것을 생각해 낼 때가 많았다.

"사람의 아이는 그렇게 못하죠." 글래디스가 말했다. "젖을 뗀 뒤에 혼자 살아가는 거요. 아기가 말을 배울 때까지는 개가 사람보다 아는 게 많아요. 단순히 단어 몇 개를 깨치는 정도로는 안 돼요. 사람이 키운 개도 단어 몇 개는 알거든요. 아기만큼."

"그게 몇 개인데?"

"그런 거 있잖아요. 재주를 부릴 때 필요한 말이랑 사람이 명령할 때 쓰는 말."

"예를 들어봐, 글래드." 집 안이 어두웠기 때문에 그는 계속 아내의 목소리를 듣고 싶었다.

"뭐, 가져와, 이리 와, 앉아, 누워, 돌아누워. 뭐든 재주를 부릴 줄 아는 만큼 단어도 알고 있겠죠."

어둠 속에서 딸이 궁지에 몰린 짐승 같은 눈으로 그를 바라보는 것이 느껴졌다. 그의 괜한 상상일 뿐이었지만, 등골이 서늘해졌다. 그레이니어는 몸을 부르르 떨면서 이불을 목까지 끌어당겼다.

로버트 그레이니어는 그 뒤로 평생 동안 이날 밤의 이 순간을 잊지 못했다.

2

41일 뒤, 그레이니어는 철도회사 무리와 함께 서서, 그들이 만든 다리를 통해 기관차가 60피트 깊이의 협곡 위 112피트 길이의 허공을 처음으로 건너는 모습을 지켜보았다. 시어스 씨는 엔진 하나짜리 기관차 옆에 서서 행사의 시작을 알리기 위해 4연발 리볼버를 들어 올렸다. 총성이 울리자 기관사가 브레이크를 풀고 뛰어내렸고, 철길을 따라 아주 천천히 터벅터벅 움직여 모이강을 건너는 기차를 향해 남자들이 응원의 함성을 질러댔다. 강 건너편에서는 또 다른 남자가 기관차에 뛰어오르려고 대기 중이었다. 기차가 레일을 벗어나기 전에 기관차를 멈추는 것이 그의 임무였다. 남자들은 환호와 환성을 질러댔다. 그레이니어는 슬픈 기분이었다. 이유는 알 수 없었다. 그도 환호와 환성을 질렀다. 다리는 나중에 11마일 지름길 다리라고 불리게 되었다. 이제 협곡을 길게 에둘러서 인근 고갯길을 통과하지 않아도 되기 때문에, 스포캔 국제철도가 11마일 길이의 철로와 침목을 돌볼 필요가 없어졌다는 뜻이었다.

✶

11마일 지름길 다리의 경험으로 그레이니어는 또 다른 대규모 공사를 옆에서 보고 싶다는 갈망을 갖게 되었다. 수많은 남자들이 무리를 지어 숲을 크게 베어내고, 도저히 지나갈 수 없는 협곡 위 허공에 거대한 나무 받침대들을 짜 맞춰서 커다란 구조물을 조립하는 작업. 협곡은 언제나 더 크고, 더 길고, 더 깊어졌다. 그레이니어는 1920년에 로빈슨 협곡 다리의 수리를 거들기 위해 워싱턴주 북서부로 갔다. 그때까지 지어진 곳 중 가장 웅장한 구조물이었다. 이 구조물을 생각해 낸 사람들은 깊이 208피트, 폭 804피트의 공간을 철도로 잇는 데 성공했다. 기관차 한 대와 목재를 실은 무개화차 두 대를 감당할 수 있는 철도였다. 로빈슨 협곡 다리는 지은 지 거의 30년이 되어서 무섭게 흔들거렸다. 심지어 기관사조차도 기차를 몰고 그 다리를 건널 수 없을 정도였다. 그래서 반대편에서 브레이크맨이 기다리고 있다가 기차를 세웠다.

보수 작업이 끝난 뒤 그레이니어는 심슨 컴퍼니를 따라 숲으로 더 높이 올라가 목재를 밖으로 운반하는 일을 했다. 통나무를 깔아서 만든 짧은 길들로 이어진 도로망이 그 일대 사방에 퍼져 있었다. 철로는 숲 밖으로 목재를 실어 갈 때만 사용되었다. 그레이니어는 40여 명의 남자들과 함께 말 여섯 마리가 끄는 수레에 통나무를 싣고 기차가 도착하는 지점의 케이블이 닿는 범위까지 운반하는 일을 맡았다.

기차가 도착하는 지점에는 대장이 당나귀라고 부르는 거대한 엔진이 웅크리고 있었다. 거대한 무쇠 드럼통 두 개를 붙여놓은 모양의 이 엔진에서 한쪽 드럼통은 케이블을 풀어내고 다른 한쪽은 케이블을 감아들이면서 통나무를 끌어가는 한편, 동시에 고리를 반대편으로 보내주면 그쪽의 초커choker가 다음 통나무를 고리에 끼웠다. 이 엔진은 나무를 태우는 구식 증기엔진으로, 쿵쿵, 웅웅, 끙끙거리는 소리와 함께 증기를 폭포처럼 쏟아냈다. 길을 오가는 말들은 마치 침묵 속에서 거대하게 움직이는 것 같았다.

증기 소리와 기계 소리에 그들이 내는 소리가 모두 지워진 탓이었다. 통나무들은 무개화차에 실려 엄청나게 깊은 로빈슨 협곡의 허공을 건너서 산을 내려갔다. 미국 대륙의 모든 철로와 이어지는 지점으로.

그렇게 일하는 동안 로버트 그레이니어의 서른다섯 번째 생일이 지나갔다. 글래디스와 케이트가 그리웠다. 그의 귀여운 아가씨와, 더 귀여운 딸. 그러나 아내를 만나기 전에 서른두 해 동안 독신으로 살았기 때문에 가문비나무가 한없이 서 있는 이곳에서 금방 안정적인 고독에 빠져들었다.

그레이니어가 맡은 일은 초커였다. 기차 도착점 쪽이 아니라 숲 쪽에서. 숲에서 벌목꾼들이 둘씩 짝을 지어 톱으로 가문비나무를 쓰러뜨리면, 가지 담당이 도끼로 잔가지를 깨끗하게 쳐내고, 톱장이가 통나무를 18피트 길이로 잘랐다. 그다음에는 초커가 통나무를 밧줄로 감아 말이 운반할 수 있게 준비했다. 그레이니어는 이 일이 좋았다. 불끈불끈 힘을 쓰고 나면 탈진해서 도취한 것 같은 상태가 되고, 그렇게 하루 일을 끝낸 뒤에는 푹 쉬었다. 숲에서 벌어지는 일들의 규모가 웅장한 것도, 멀고 외딴 곳에 있는 것 같은 느낌도, 이렇게 많은 나무들이 감시병처럼 서 있으니 어떤 위험도 자신을 찾아오지 못할 것 같다는 감각도 좋았다. 그러나 안 피플스라는 자, 전에는 시커먼 벌목꾼이었으나 이제는 노인이 된 그의 말에 따르면, 나무들이 바로 살인자라고 했다. 훌륭한 벌목꾼이라면 나무가 어느 쪽으로 쓰러질지 아흔아홉 번이나 올바로 판단할 수 있겠지만, 그리고 놀라운 톱질로 50톤은 나가는 나무를 바늘처럼 가볍게 오르막 쪽으로 쓰러뜨릴 수 있겠지만, 백 번째에는 나무가 얼굴을 후려치는 바람에 그 자리에서 간단히 저세상 사람이 되어버릴 수도 있다는 것이었다. 안 피플스는 5톤짜리 통나무가 깜짝 놀란 것처럼 수레에서 펄쩍 뛰어올라 여섯 마리 말 위로 떨어지는 바람에 여섯 마리가 모두 죽어버리는 모습을 직접 본 적이 있다고 말했다. 나무가 우리를 친구로 대해주는 건 우리가 건드리지 않을 때뿐이야. 톱날이 파고 들어간 다음부터는 전쟁이 벌어지는 거라고.

고민을 안겨줄 수도 있는 모든 세상일에서 차단된 일꾼들은 결코 서른다섯 명 아래로 내려가는 법이 없고, 때로는 마흔 명이 넘기도 했다. 그들은 해가 뜰 때부터 저녁 식사 시간까지 숲과 싸우며 거대한 가문비나무를 쓰러뜨려 간신히 힘들게 옮길 수 있을 만한 크기로 잘랐다. 그레이니어는 때로 자신들이 피라미드 건설과 맞먹는 일을 하고 있다는 생각이 들었다. 그들은 산 능선의 모양을 바꿔놓는 일을 하면서 이야기는 거의 하지 않았고, 의사소통을 할 때는 고함을 질렀으며, 수염에 끈적거리는 나뭇진이 묻은 채 살았다. 땀이 그들의 긴 내복에서 먼지를 씻어냈지만, 목과 관절에서는 땀과 먼지가 함께 섞여 곳곳에 갈라진 모양을 만들어냈다. 나뭇진 냄새가 너무 진해서 목구멍을 긁고 눈을 찔러댈 정도였다. 말의 악취와 똥 냄새도 상대가 되지 않았다. 하루 일이 끝나면 일꾼들은 거의 그대로 쓰러져 잤다. 몇 명은 오두막을 받았지만, 대부분의 사람들은 천막에서 생활했다. 올이 굵은 삼베로 여기저기를 잔뜩 기운 낡은 천막이 대부분이었는데, 원래는 남북전쟁 때 북군 보병대가 쓰던 천막을 가져다 만든 것이었다. 안 피플스의 말에 따르면 그랬다. 그는 천에 남아 있는 핏자국을 가리켰다. 이 천막들 중 일부는 미국 기병대가 인디언과 싸울 때도 사용되었다. 확실히 이곳에서 가장 오래된 천막이라고 안 피플스는 평가했다.

"내가 도끼만 쥐게 해달라니까." 그는 이렇게 말하곤 했다. "내가 도끼질만 시작하면, 다음 날 아침까지도 다 정리하지 못할 만큼 나무를 자를 거야……"

"이 여름 벌목은 나의 천직이야." 안 피플스가 말했다. "미네소타에서 온 자네들은 투덜거릴지 몰라도, 나는 날이 엄청 더워야 몸이 잘 돌아가는 사람이야. 옛날에 애리조나 비즈비 외곽의 산에서 일한 적이 있는데, 해하고 거리가 겨우 11마일이나 12마일밖에 안 됐어. 기온은 화씨[†] 116도나 돼서 아주 쩌죽을 지경이었지. 그것도 그늘 온도가 그 정도였다고. 애당초 그늘도 없었지만." 그는 동료들 모두를 '미네소타 친구들'이라고 불렀다. 하지만 아무리 확인해 봐도 그 자리에 있는 사람들은 모두 미네소타를 한 번 구경한 적조차 없었다.

안 피플스는 남서부 출신이었다. 그는 툼스톤에서 어프 형제[‡]와 이야기를 해본 적이 있다면서, 그 유명한 보안관 형제를 "미친 쓰레기"라고 표현했다. 그는 젊었을 때 애리조나의 광산에서 일하다가, 그 뒤 수십 년 동안 전국을 돌아다니며 벌목 일을 했다. 그리고 지금은 쪼그라들고 약해진 몸으로 어정거리며 항상 투덜거렸다. 힘든 일에는 손을 대지 않았다. 그는 이 숲에서 가장 나이가 많은 남자였다.

가끔은 정말로 쓸모 있는 존재가 되었다. 굴을 파야 할

[†] 미국에서 사용하는 온도 단위. 화씨 116도는 섭씨 46.7도에 해당한다.
[‡] 1881년에 있었던 사건을 각색해 만든 영화 〈OK 목장의 결투〉의 실제 모델.

때, 그는 화약을 절벽에 묻어 터뜨리며 점점 더 깊이 파고 들어가 마침내 반대편으로 뚫고 나오는 일을 했다. 폭발이 한 번 일어날 때마다 다른 사람들이 그를 위해 잔해를 치워주었다. 그는 미신을 잘 믿는 사람이라서, 옛날 애리조나 남부 뮬산맥의 구리광산에서 했던 방식을 매번 정확히 똑같이 따라 했다.

"난 존 제이컵 워런 씨가 전 재산을 잃는 걸 봤어. 술에 취해서, 자기가 말보다 빨리 달릴 수 있다고 했지." 어쩌면 이 말이 사실일 수도 있었다. 안 피플스는 거짓말을 하는 사람이 아니었다. 적어도 유명한 사람을 많이 안다는 주장은 하지 않았다. 어프 형제만 빼고. 어쨌든 여기 이 산속에 존 제이컵 워런이라는 이름을 들어본 사람은 하나도 없었다. "자기가 세 살짜리 종마를 이길 수 있다를 놓고 내기를 걸었어! 눈이 풀린 채로 몸을 비틀비틀 흔들어대면서 거리에 서 있었지. 그렇게나 취했다는 얘기야. 애리조나 최고의 부자가! 그러다가 달리기 시작했는데, 내내 그 종마의 꽁무니만 보며 따라갔어. 구리여왕 광산 전체를 거기다 걸었는데. 당연히 잃었지! 노름은 **그런** 사람하고 해야 돼! 물론 그 사람 지금은 갱도에서 광차를 타는 신세야. 제대로 된 내기는 할 수도 없는 신세라고."

때로는 피플스가 화약을 설치하고 스위치를 돌렸는데도 모든 게 헛수고가 되기도 했다. 그러면 숲 전체가 긴장과 침묵에 사로잡혔다. 반 마일 떨어진 곳에서 일하는 남자들도 터지지 않은 화약을 처리해야 한다는 사실을 어떻게든 알게 되고, 모든 작업이 중단되었다. 피플스는 주머니에 들어 있던 귀중품 몇 개, 그러니까 황동 시계, 양철 빗, 은제 이쑤시개를 전부 꺼내서 그루터기에 놓아두고, 한 번도 뒤돌아보는 일 없이 어두운 터널 안으로 들어갔다. 그가 밖으로 나와 다시 스위치를 돌렸을 때 다이너마이트가 쾅 하고 터지면 남자들은 환호성을 지르고 터널에서는 먼지구름이 쏟아져 나오고 돌가루가 모든 사람 머리 위에 비처럼 떨어져 내렸다.

안 피플스는 언젠가 틀림없이 굉음과 함께 연기가 되어 이 세상에서 사라질 것 같았지만, 실제로는 상당히 다른 결말을 맞았다. 높은 낙엽송에서 떨어진 죽은 가지에 뒤통수를 맞은 것이다. 사람들은 바로 이런 일이 일어날 가능성을 염두에 두고, 그런 가지를 '과부제조기'라고 불렀다. 피플스는 가지에 맞아 쓰러졌지만 곧 정신을 차리고 괜찮아진 것 같았다. 다만 등뼈 "마디 사이가 뭉친 것" 같다면서 "그런 식으로 비뚤게 걷고 싶어진다"고 말했을 뿐이었다. 그 뒤로 며칠 동안 여러 번 심하게 어지러워하더니 점점 몽롱해져서 무엇이든 깜박깜박 잘 잊어버리게 되었다. 일요일에는 하루 종일 오한과 고열에 시달리며 누워 있었고, 월요일 아침에는 침대에서 이미 죽은 상태로 발견되었다. 이불을 턱까지 올려 덮은 모습이 "아주 편안해 보여서, 그 노인네를 방해하지 말고 그냥 길고 넓은 무덤에 침대 째로 넣어주는 게 좋을 것 같았다"고 대장은 말했다. 안 피플스는 가만히 서 있는 나무가 친구가 될 수 있다고 말했지만, 그에게 죽음을 내려 보낸 것은 바로 그런 나무였다.

안의 절친한 친구이며 역시 나이가 많은 빌리는 보통 말이 없는 사람이지만, 무덤 앞에서는 한두 마디 말을 했다. "안 피플스는 평생 남을 속인 적이 없습니다. 남의 물건을 훔친 적도 없어요. 어렸을 때, 아이였을 때 하다못해 막대사탕 하나도 안 훔쳤습니다. 그러고는 상당히 오래 살았습니다. 여기에 우리 모두 정직하게 살아야 한다는 교훈이 있는 것 같습니다. 그러면 우리 모두 잘 지낼 겁니다. 예수님의 이름으로, 아멘." 다른 사람들도 "아멘"이라고 말했다. 대장이 말했다. "모두에게 하루 휴가를 주면 좋을 텐데 회사가 안 된다고 하네. 전쟁 때문에." 유럽의 전쟁으로 가문비나무의 수요가 크게 늘어났다. 사실은 18개월 전에 휴전협정이 조인되었으나, 대장은 휴전협정이란 일시적인 것에 불과하므로, 곧 전투가 다시 시작되면 한쪽이 다른 한쪽을 한 명도 남김없이 살육할 것이라고 믿었다.

그날 밤 사람들은 안의 장단점에 대해 토론하며 그의 마지막 몇 시간을 자세히 훑어보았다. 머리부상 때문에 그의 정신이 혼란해졌는가? 아니면 몸에 갑자기 열이 오른 것이 문제였나? 그는 죽음 직전 헛것을 보면서 정신 나간 말을 고래고래 외쳐댔다. "맞습니다 목사님 솟아오르네 로키산맥!" "선구자 부지런 손들어 이놈! 조심! 조심!" 자신의 과거 속 유령들을 불러대더니 자기 누이 부부가 자기를 찾아왔다고 말하기도 했다. 그러나 빌리의 말에 따르면, 그 두 사람은 이미 오래전 분명히 세상을 떠났다고 했다.

빌리는 드럼통 두 개를 붙여놓은 것 같은 기계에 물과 윤활유를 계속 공급하고, 케이블에 닳은 곳이 없는지 살피는 일을 맡았다. 노인들이 하는 쉬운 일이었다. 기계에 정말로 기름칠을 하는 일은 열두 살짜리 아이 해럴드가 맡았다. 대장의 아들인 해럴드는 생선기름 양동이를 옮기는 말들과 함께 움직이며 삼베 조각으로 기름을 듬뿍 발라 거대한 통나무들이 계속 미끄러지게 했다. 어느 수요일 아침, 그러니까 죽은 안 피플스를 땅에 묻은 지 겨우 이틀이 지났을 때, 어린 해럴드가 현기증을 일으켜 일하다 말고 쓰러졌다. 그 바람에 말들이 놀라서 멈칫하며 그를 밟지 않으려고 애쓰느라 하마터면 통을 엎어버릴 뻔했다. 아이가 짓밟혀 죽을 운명에서 벗어난 것은 다행히 그 자리에 있었던 그레이니어 덕분이었다. 마침 옆에 서서 틈을 보아 통나무 길을 건너가려고 기다리고 있던 그가 아이의 바짓자락을 붙잡아 밖으로 끌어냈다. 대장은 오후 내내 아들을 돌보며 샘물로 이마를 적셔주었다. 아이는 열 때문에 제정신이 아니었다. 애당초 커다란 말들 앞에서 쓰러진 것도 이 때문이었다.

그날 밤 빌리 노인도 오한이 들어 침상에서 이리저리 뒤척이며 자정이 한참 지날 때까지 계속 헛소리를 해댔다. 친구의 무덤 앞에서 한마디 한 것을 제외하면, 빌리가 이곳 사람들과 지내는 동안 한 말을 모두 합쳐봐야 두세 단어밖에 안 될 정도였다. 하지만 지금은 가까이 있는 사람들이 빌리 때문에 잠을 이루지 못할 정도였다. 막사 안 먼 곳에서 자던 사람들도 그날 밤 꿈에서 그의 목소리를 들었다고 나중에 말했다. 대부분 그가 자신의 이름을 부르는 소리였다. "누구야? 거기 누구야?" "빌리? 빌리? 너야, 빌리?"

해럴드의 열은 떨어졌지만, 빌리의 열은 뭉그적거렸다.

대장은 온갖 유령에 시달리는 사람처럼 막사를 배회하며 사람들을 귀찮게 했다. 기회가 생길 때마다 한 사람을 붙잡고, 가축시장에서 자기가 살 가축을 살피는 사람처럼 관절을 찔러보고, 눈꺼풀을 엄지로 까뒤집어 보고, 턱을 억지로 벌렸다. "여름일은 이제 끝났어." 그는 금요일 밤에 저녁 식사를 받으려고 줄 서 있는 사람들에게 이렇게 말했다. 그가 각자 받아갈 몫을 계산해 본 결과, 그레이니어는 여름 내내 집으로 돈을 보냈는데도 아직 받을 돈이 400달러나 남아 있었다.

일요일 밤까지 일이 모두 마무리되고, 마지막 목재도 산 아래로 내려갔다. 그리고 오한으로 쓰러진 환자가 여섯 명 더 늘어났다. 월요일 아침에 대장은 일꾼들 각자에게 4달러 보너스를 나눠 주며 이렇게 말했다. "얼른 여기서 나가." 이때는 빌리도 위기를 벗어난 뒤였다. 그러나 대장은 1897년처럼 무서운 독감이 유행할까 봐 무섭다고 말했다. 그도 그때 고아가 된 사람이었다. 열세 명이나 되던 형제자매와 부모가 모두 한 주 만에 목숨을 잃고 말았다. 그레이니어는 대장이 안쓰러웠다. 대장은 강인하고 공정한 지도자였으며, 아들 해럴드를 제외하면 다른 사람들과 그리 교류가 많지 않은 푸른 눈의 중년 남자였다. 그가 어렸을 때 가족을 잃었다는 이야기도 지금껏 한 적이 없었다.

그레이니어가 숲에서 보낸 첫 여름은 이러했다. 로빈슨 협곡 이후 그는 여러 철교에서 일했다. 세월이 흐른 뒤, 정확히 말해서 수십 년이 흐른 뒤인 1962년이나 1963년쯤에 그는 미국 2번 고속도로가 모이강의 가장 깊은 협곡을 지나가는 지점에서 받침대 위에 서 있는 젊은 철골 기술자들을 지켜보았다. 로빈슨 협곡 못지않게 길고 깊은 곳이었다. 예전 고속도로는 얕은 곳을 찾아 멀리 우회하는 경로로 지어졌지만, 이 새 고속도로는 깊은 구렁 위를 똑바로 가로질렀다. 저 아래 강물까지의 거리는 수백 피트나 되었다. 그레이니어는 청년들이 서로의 헬멧을 때려 30피트나 40피트 아래의 안전망으로 떨어뜨리고는 그 뒤를 따라 뛰어내려 안전망 위에서 미친 듯이 출렁거리는 모습을 지켜보며 놀라움을 금치 못했다. 젊은 일꾼들은 안전망을 붙잡고 다시 목재 발판까지 기어 올라왔다. 그도 예전에 받침대 위에서 원숭이처럼 굴던 사람이지만, 지금은 좀 높은 의자에만 올라가려 해도 살짝 속이 메스꺼워졌다. 젊은 일꾼들을 지켜보면서 그는 문득 자신이 거의 80년을 살면서 세상이 돌고 또 돌아가는 모습을 보았다는 생각이 들었다.

몇 년 전, 1950년대 중반에 그레이니어는 10센트를 내고 세상에서 가장 뚱뚱한 남자를 구경했다. 그 남자는 자신을 이 도시 저 도시로 싣고 다니는 트레일러 안에서 긴 소파에 누워 쉬고 있었다. 세상에서 가장 뚱뚱한 남자를 이 소파에 올려놓기 위해 사람들이 트레일러의 지붕을 뜯어내고 크레인을 동원했다고 했다. 그의 몸무게는 1000파운드[†]가 조금 넘었다. 콧수염과 염소수염을 기른 모습으로 거대한 몸에서 땀을 뻘뻘 흘리며 앉아 있는 그의 한쪽 귀에는 해적처럼 황금 귀걸이가 걸려 있었다. 몸에 입은 것도 반짝이는 황금색 반바지 하나뿐이었다. 양쪽 옆구리로 흘러내린 살이 긴 소파를 끝에서 끝까지 다 채우고도 남아서 바닥을 향해 늘어져 있는 모습이 마치 정지한 폭포 같았다. 이 거대한 덩어리 속에서 그의 머리와 팔다리가 삐죽 나와 있었다. 사람들은 줄을 서서 기다리다가 열린 문간 앞에 다다르면 안을 들여다보았다. 그 남자는 손님들에게 10센트만 내면 창가에 쌓여 있는 자신의 사진을 한 장 살 수 있다고 말했다.

긴 세월을 살아온 그레이니어는 나중에 과거 사건들의 순서가 헷갈려서, 자신이 세상에서 가장 뚱뚱한 남자를 본

[†] 미국에서 사용하는 무게 단위. 1000파운드는 약 454킬로그램에 해당한다.

그날 저녁에 다리에서 동쪽으로 26마일 떨어진 몬태나주 트로이의 4번가에 서 있었다고 확신했다. 거기서 젊고 이상한 시골뜨기 연예인 엘비스 프레슬리가 탄 기차를 보았다는 것이다. 프레슬리의 개인전용 기차가 역조차 없을 정도로 작은 그 마을에 멈춰 있을 때였다. 아마도 수리를 하기 위해서였을 것이다. 그 유명한 젊은이가 잠깐 창가에 나타나 한 손을 들어올려 사람들에게 인사했지만, 맞은편 이발소에 있던 그레이니어는 너무 늦게 나오는 바람에 그 광경을 보지 못했다. 마을 사람들이 늦은 어스름 녘에 공회전하고 있는 디젤 엔진의 묵직한 소음 옆 길거리에 늘어서서 거의 들리지 않을 정도로 작게 이야기하는 것을 들었을 뿐이다. 사람들은 아주 높은 곳에 고독하게 자리하고 있는 청년의 신비롭고 웅대한 모습을 빤히 바라보았다.

그레이니어는 언젠가 놀라운 재주를 부리는 말도 본 적이 있었다. 늑대 소년도 보았다. 1927년에는 복엽 비행기를 타고 하늘을 날아보기도 했다. 이미 기억나지 않는 기차 여행으로 삶의 여정을 시작한 그가 어느새 엘비스 프레슬리가 탄 기차 근처에 서 있었다.

3

 어렸을 때 그레이니어는 혼자 아이다호까지 가야 했다. 출발지가 정확히 어딘지는 몰랐다. 가장 나이 많은 사촌과 두 번째로 나이 많은 사촌의 말이 달랐고, 그레이니어 본인은 아무것도 기억나지 않았기 때문이다. 두 번째로 나이 많은 사촌은 또한 자기가 그레이니어의 사촌이 아니라고 주장했다. 하지만 가장 나이 많은 사촌은 사촌이 맞다고 말했다. 그레이니어가 어머니처럼 생각한 사촌들의 어머니는 그의 고모였다. 그레이니어가 기차를 타고 왔다는 부분에 대해서는 사촌 세 명이 모두 동의했다. 그가 어쩌다 친부모를 잃었는지는 누구도 말해주지 않았다.

 아이다호의 프라이라는 마을에 내렸을 때 그레이니어

의 나이는 여섯 살이었다. 아니, 어쩌면 일곱 살이었을 수도 있다. 생일이 지난 지 한참 된 것 같아서 어쩌면 또 생일이 돌아온 것을 놓쳤는지도 모른다는 생각이 들었다. 하지만 어차피 생일이 언제인지 알지 못했다. 그가 최대한 짐작할 수 있는 것은 1886년에 유타 아니면 캐나다에서 태어나 그레이트 노던 철도를 타고 새로운 가족을 찾아왔다는 것이었다. 이 철도는 1893년에 완공되었다. 그레이니어는 상점 영수증 뒷면에 적은 목적지 주소를 가슴에 핀으로 붙인 채 기차를 타고 여러 날을 여행했다. 여행 첫날 가져온 음식을 모두 먹어버렸지만, 기차 차장들이 계속 그에게 먹을 것을 주었다. 모험 같은 여행 내내 그는 겪은 일들을 곧바로 잊어버렸기 때문에 이 여행을 언제 했는지 곧 헷갈리고 말았다. 나이가 가장 많은 사촌은 누나였는데, 그 누나의 말에 따르면 그가 캐나다 북동부에서 왔기 때문에 처음에는 프랑스어밖에 몰랐다고 했다. 그래서 식구들이 그의 머리에서 프랑스어를 몰아내고 영어가 들어설 자리를 마련해 주었다는 것이었다. 그 아래의 두 사촌은 모두 남자였는데, 그들은 그레이니어가 유타에서 온 모르몬교도였다고 말했다. 나이가 워낙 어린 탓에 그는 고모와 고모부에게 자신의 출신에 대해 물어볼 생각을 미처 하지 못했다. 세월이 많이 흐른 뒤에 그 생각을 떠올렸을 때는 이미 고모 부부가 한참 전에 세상을 떠난 뒤였다.

그가 기억하는 가장 오래된 일은, 고모부인 로버트 그레이니어와 나란히 서 있던 장면이었다. 키가 고모부의 팔꿈치 높이쯤 되던 그는 연기 냄새를 풍기던 고모부를 금방 아버지라고 부르게 되었다. 두 사람은 쿠트나이강이 보이는 프라이 시내의 진흙길에 서서 100명이 넘는 중국인들이 한꺼번에 쫓겨나는 모습을 지켜보고 있었다. 저쪽 거리 끝에 있는 보너 목재회사의 철도 야적장에는 남자들이 도끼, 권총, 엽총을 들고 과묵하게 서 있었고, 중국인들은 새처럼 재잘거리면서 몸으로 아이들을 감싸고 무개화차 세 칸에 기어 올라갔다. 얼굴이 평평하고 몸집이 작은 남자들은 화차 가장자리에 앉아 무릎을 올리고 정강이에서 양손을 맞잡았다. 기차가 프라이를 떠나 그레이니어는 알 수 없는 어딘가로 향했다. 그는 수십 년이 흐른 뒤 하마터면 중국인을 죽일 뻔한 일을 겪었을 때, 그를 죽이고 싶다는 생각을 했을 때에야 비로소 그들이 어디로 갔을지 궁금해졌다. 그들 중 대부분은 서쪽으로 30마일쯤 떨어진 몬태나에서 내렸다. 그래서 트로이와 리비 사이, 쿠트나이강 옆의 어느 곳이 차이나베이슨이라고 불리게 되었다. 그레이니어가 다리에서 일하던 무렵에는 그곳에 살던 사람들이 뿔뿔이 흩어져 아주 소수만이 인근에 살고 있었다. 그들을 두려워하는 사람은 이제 하나도 없었다.

쿠트나이강은 프라이도 지나갔다. 그레이니어는 강물이 둑을 넘어 프라이의 저지대에 범람했던 일주일 동안의 기억을 드문드문 떠올릴 수 있었다. 가장 약하게 지어진 건물 몇 채가 물에 휩쓸려 가면서 부서졌다. 우체국도 물에 쓸려 갔다. 그레이니어는 누군가가, 아마도 아버지가 자신을 들어올리던 것을 기억했다. 그 덕분에 그는 한데 모인 마을 사람들 머리 위로 솟아올라 우체국 건물이 물을 타고 흘러가는 모습을 볼 수 있었다. 나중에 하류 쪽으로 100마일 떨어진 브리티시컬럼비아의 저지대에 그 건물이 걸려 있는 것을 캐나다인들이 발견했다.

로버트는 새로운 가족들과 함께 읍내에 살았다. 겨우 두 집 떨어진 곳에 사는 대머리 남자는 항상 데님 작업복을 입고, 항상 모자를 쓰지 않았다. 커다란 몸집에 비해 손이 몹시 작았지만 힘이 센 그는 신발 수리점을 하고 있었다. 가끔 그의 모습이 보이지 않을 때면 어린 로버트나 사촌 한 명이 수리점에 들어가 작업대의 유리병에서 밀랍 한 덩이를 긁어 나오곤 했다. 수리점 주인이 단단한 가죽에

바느질을 할 때 실에 입히는 밀랍이 아이들에게는 사탕처럼 달았다.

수리점 주인은 많은 동네사람들과 마찬가지로 씹는담배를 애용했다. 어느 날 그는 이웃집 아이 세 명이 가게에 들어오는 것을 붙잡았다. "이 녀석들아." 그는 허리를 숙이고는, 탁자 다리 옆에 놓인 유리병에 담배를 조금 뱉었다. 그리고 그 병을 들어 그 안에 2인치쯤 쌓여 있는 탁한 침을 휘휘 돌렸다. "이거 맛을 좀 보여줄까?"

아이들은 대답하지 않았다.

"와서 한번 마셔봐! 어디 해보라고."

아이들은 대답하지 않았다.

그는 그 끔찍한 액체를 밀랍 병에 따르더니 손가락으로 처덕처덕 휘젓고 나서 손가락을 아이들 얼굴 앞에 들이대며 고함을 질렀다. "언제든 마음대로 먹어!" 그는 웃고 또 웃어댔다. 그리고 데님 작업복 무릎에 그 작은 손가락을 닦으며 의자에 앉은 채 몸을 앞뒤로 흔들었다. 주위를 둘러보는 그의 눈에 실망감이 어렴풋이 비쳤다. 그의 기발한 작전에 대해 사람들에게 이야기해 줄 아이들이 한 명도 남아 있지 않았기 때문이었다.

1899년에 프라이와 이턴빌이 합쳐져서 보너스페리가

되었다. 그레이니어는 보너스페리 학교에서 글과 셈을 배웠다. 공부에는 취미가 없었지만, 종이에 적힌 글자를 해독할 수 있게 된 것이 세상을 살아가는 데 도움이 되었다. 10대 때 그는 결혼한 수잰, 즉 가장 나이가 많은 사촌누나 가족과 함께 살았다. 고모 헬렌과 고모부 로버트 그레이니어가 모두 돌아가신 뒤의 일이었다.

그는 10대 초반에 학교를 그만두고, 잔소리할 부모가 없었기 때문에 게으름을 피우며 살았다. 어느 날 읍내에서 쿠트나이강 상류 쪽으로 고작 1마일쯤 떨어진 곳에서 혼자 낚시를 하던 그는 부랑자를 만났다. 그는 자작나무 사이에서 엉성한 장비로 야영을 하며 다친 다리를 돌보고 있었다. "이리 좀 와줄래, 제발, 아이야." 부랑자가 소리쳤다. "제발…… 제발! 무릎의 인대가 잘렸어. 너한테 해줄 얘기가 있다."

어린 로버트는 낚싯줄을 감아 들인 뒤 낚싯대를 한쪽에 놓았다. 그리고 강둑을 올라가, 남자에게서 10피트 떨어진 곳에서 걸음을 멈췄다. 남자는 나무에 기대앉아서 양다리를 쭉 뻗고 있었다. 발에는 아무것도 신지 않았다. 왼다리는 상록수 가지들을 모아서 만든 초라한 받침대 위에 올려져 있었다. 남자의 양편에는 낡은 신발이 놓여 있고, 수염이 자란 얼굴에는 땟자국이 있었다. 온몸에는 나뭇조각들이 붙어 있었다. "살해당한 남자를 잘 봐." 그가 말했다.

"난 너한테 하다못해 마실 물이라도 좀 가져다달라는 부탁도 안 할 거다. 목이 말라 죽을 지경이지만 난 곧 죽을 거야. 그러니 굳이 부탁을 할 필요가 없겠지." 로버트는 굳어서 꼼짝도 할 수 없었다. 이파리와 누더기와 엉겨붙은 갈색 머리카락 뭉치 속에서 구멍 같은 입이 움직이는 것 같았다. "할 말이 한두 가지밖에 없어. 안 그러면 무덤까지 그대로 가져갈 수밖에 없으니……

그래, 빅이어 앨이라는 녀석이 내 오금을 베었다. 놈이 나를 죽인 거나 마찬가지야. 그게 하나다. 이 이야기를 너희 보안관에게 전해줘. 윌리엄 코스웰 헤일리, 미주리주 세인트루이스 출신. 빅이어 앨이라는 부랑자에게 강도를 당해 다리를 베이고 살해당했다고. 내가 자는 사이 놈이 돌돌 말아둔 내 14달러를 채가고는 내 오금을 잘랐다. 쫓아오지 못하게 하려고. 다리에서 고약한 냄새가 나고 있어. 여기에 내가 너무 오래 누워 있어서 다리가 썩기 시작했거든. 이게 어떻게 될지 너도 알 거다. 그 위도 점점 썩어가면서 나중에는 눈까지 올라와 결국 내가 죽고 말 거다. 앞이 보이는 시체 꼴이 될 거야. 생각도 할 줄 아는 시체. 그러다 나흘째 되는 날이면 난 아예 죽어버리겠지. 그 뒤에 무슨 일이 벌어지는지는 나도 모르겠다. 우리가 무덤 속에서도 생각을 할 수 있는지, 천국으로 날아 올라가는지, 아니면 악마에게 끌려가는지. 하지만 혹시 모르니까 내가 꼭 해둘 말이 있어.

나는 윌리엄 코스웰 헤일리, 마흔두 살. 미주리주 세인트루이스에서 직장도 있고 장래도 좋은 사람이었다. 한 4년 전까지는. 내 조카 수전 헤일리가 열두 살쯤 됐을 때야. 그때 나는 형의 집에서 살고 있었는데, 밤에 그 애가 누워 있는 침대 주위를 돌아다니기 시작했다. 잠이 오질 않았어. 그렇게 된 거야. 심장이 마구 뛰는 걸 어떻게 할 수가 없어서 결국 내 침상에서 일어나 그 애 방으로 몰래 들어갔지. 침대 주위를 한 바퀴 돈 뒤에 그냥 조용히 서 있었다. 뭐, 그 애는 깨어나는 법이 없었어. 어느 날 밤 내가 이불에 손을 댔는데도. 또 다른 날은 내가 얼굴을 만졌는데도 깨지 않고, 발을 붙잡았는데도 꿈쩍도 안 하더구나. 또 다른 날은 내가 이불을 걷었는데도 그 애는 죽은 사람처럼 가만히 있었다. 나는 그 애를 만졌다. 옷을 걷어 올리고 내가 하고 싶은 사소한 일들을 전부 했어. 사소한 일들을 전부. 그래도 그 애는 깨어나지 않았다.

그게 버릇이 됐다. 밤마다. 온갖 사소한 일들. 그 애는 깨어나지 않았어.

어느 날 내가 집에 돌아왔더니, 그때 나는 양초 공장에서 일하고 있었다, 달리 직장을 구할 수 없는 사람이 쉽게 취직할 수 있는 곳이었어. 주로 나이 많은 여자들이 일하는 곳이었지만, 공장에서는 누구나 받아들였지. 내가 집에 왔더니 형수 앨리스 헤일리가 마당에 앉아 있었다. 비가 내리는 겨울날이었는데 더러운 풀밭에 앉아 있었어. 그냥 퍼질러 앉아서 아이처럼 대성통곡을 하고 있었어.

'무슨 일이에요, 형수님?'

'남편이 우리 수전을 혼냈어요! 남편이 수전을 혼냈다고요! 혼냈어요!'

'세상에, 아이가 다치진 않았어요? 아니면 그냥 말로만 혼냈나요?'

'다쳤냐고요? 다쳐요?' 형수가 내게 소리쳤다. '내 딸이 죽었어요!'

나는 집 안으로 들어가지도 못했다. 뭐든 내가 가진 걸 그대로 놔두고 철길로 가서 무개화차에 올라탔지. 그 뒤로 이 철길에서 100야드 이상 벗어난 적이 없어. 전국을 돌아다녔다. 캐나다에도 갔고. 이 철길에서 100야드를 벗어난 적이 없어.

어린 수전의 몸에 아이가 생겼다. 형수님이 말해줬어. 그래서 형님이 그 가엾은 아이를 수전의 배에서 몰아내려고 수전을 때렸지. 죽을 때까지 때린 거야."

죽어가는 남자는 몇 분 동안 말이 없었다. 그는 헉 숨을 몰아쉬고, 양손을 바닥에 댄 채 자세를 바꾸려는 것 같았지만 그럴 힘이 없었다. 숨을 제대로 쉴 수 없는지 쌕쌕 헐떡거렸다. "이제 물을 좀 마셔야겠다." 그는 눈을 감더니 억지로 숨을 쉬려는 몸부림을 그만두었다. 로버트는 그가 틀림없이 죽은 줄 알고 다가갔으나, 윌리엄 헤일리가 눈을 감은 채 또 입을 열었다. "저 낡은 신발에 물을 담아서 가져와."

4

 소년은 누구에게도 윌리엄 코스웰 헤일리의 이야기를 하지 않았다. 보안관에게도, 사촌누나 수잰에게도, 누구에게도. 그는 그 남자의 신발에 물 한 모금을 담아 가져다준 뒤, 혼자 죽어가는 그의 곁을 떠났다. 어린 시절 그가 자신에게 불리할 것 같아서 생략해 버린 많은 행동들 중에서도 가장 비겁하고 이기적인 짓이었다. 하지만 어쩌면 그 일이 그에게 아무도 알아차릴 수 없는 영향을 미친 것 같기도 했다. 로버트 그레이니어가 그때부터 자리를 잡고 일을 하면서 청년 시절을 보냈기 때문이다. 그는 철도 회사, 그 지역의 기업가인 이턴, 프라이, 보너 집안 등에서 일자리를 구했다. 평소에 술이든 뭐든 나쁜 것을 멀리해서 성실하다고 알려져 있었기 때문에, 필요할 때마다 쉽게 일자리를 찾을 수 있었다.

그는 이렇게 여기저기서 일을 하며 20대를 보냈다. 그에 대해 말하는 사람은 하나도 없었지만, 어떤 것에도 별로 관심을 갖지 않는 청년이었다고 말해도 될 것이다. 서른한 살에도 그는 여전히 장작 패는 일, 트럭에 짐 싣는 일을 하거나, 그보다 더 진취적인 사람들이 형성한 다양한 무리 속에서 이런저런 일들을 잠깐씩 했다.

그러다가 글래디스 올딩을 만났다. 그의 사촌 중 한 명(나중에 그는 고맙다는 말을 하려고 했지만 어느 사촌인지 기억나지 않았다)이 그를 감리교회에 데려갔는데, 거기에 그녀가 있었다. 통로 건너편에 앉은 자그마한 여자가 부드럽게 찬송가를 부르는 목소리를 그는 어렵지 않게 가려낼 수 있었다. 예배가 끝난 뒤 레모네이드와 페이스트리를 먹는 시간이 이어졌고, 바로 그곳 교회 마당에서 그녀는 그에게 편안하게 자기소개를 하며 미소를 지었다. 마치 여자들이 매일 하는 일이라는 듯이. 어쩌면 정말로 그럴 수도 있었다. 로버트 그레이니어는 어느 쪽이 사실인지 알 수 없었다. 평소에 여자들을 멀리했기 때문에. 글래디스는 실제보다 훨씬 더 나이가 많아 보였다. 그녀의 설명에 따르면, 양지바른 초원에 자리 잡은 집에서 자라면서 여름 햇볕을 너무 많이 받은 탓이라고 했다. 그녀의 손도 쉰 살 남자의 손처럼 거칠었다.

두 사람은 자주 만났다. 그레이니어는 그녀와 친구인 만큼, 감리교회의 일요일 예배와 수요일의 기도회에서 거의 언제나 그녀를 찾아냈다. 여름이 한창일 때 그레이니어는 그녀를 데리고 리버 로드로 가서 자신이 모이강 위쪽의 나지막한 벼랑 위에 사둔 땅을 보여주었다. 그는 젊은 글렌우드 프라이에게서 이 땅을 샀다. 그리고 프라이는 여러 청년들에게 땅을 조금씩 쪼개 판 돈으로 결국 원하던 자동차를 샀다. 그레이니어는 여기에 밭을 일궈볼 생각이라고 글래디스에게 말했다. 오두막을 세우기에 딱 적당한 곳이 바로 길 아래쪽에 있었다. 그 길 위쪽으로, 잡초가 듬성듬성 웃자란 언덕은 돌멩이를 다른 곳으로 옮기면 땅을 평평하게 고르기가 어렵지 않았다. 오두막을 짓기 위해 나무를 베어내면 개간한 땅이 더 넓어질 수도 있었다. 그루터기를 뽑아내는 일은 급하지 않았다. 우선 그루터기들 사이에 밭을 가꿀 생각이기 때문이었다. 빽빽한 숲속에서 오솔길을 따라 반 마일쯤 걸어가면 지금은 세상을 떠난 윌리스 그로슬링이 몇 해 전에 개간해 둔 풀밭이 나왔다. 그로슬링의 딸은 그레이니어에게 가축 떼를 몰고 올 생각만 아니라면, 동물 몇 마리를 데려와 풀을 뜯게 하는 정도는 괜찮다고 말했다. 어차피 그는 양과 염소를 각각 두어 마리만 키울 생각이었다. 거기에 어쩌면 젖소도 한 마리. 그레이니어는 이유도 설명하지 않고 무작정 이런 얘기를 글래디스에게 모두 해주었다. 그러면서 그녀가 눈치채기를 바랐다. 반드시 짐작할 것 같았다. 이날의 외출을 위해 그녀가 보통 교회에 올 때 입는 그 옷을 입고 나왔기 때문이다.

이것은 뜨거운 6월의 어느 날 있었던 일이다. 두 사람은 글래디스의 아버지에게서 수레를 빌리고, 소풍에 필요한 물건들을 바구니 두 개에 챙겨 넣었다. 그리고 그로슬링의 풀밭까지 산길을 올라가 무릎까지 자란 데이지들을 헤치며 풀밭으로 들어갔다. 계절에 따라 풀밭 위를 졸졸 흐르는 개울 옆에 담요를 펼친 뒤 두 사람은 함께 누웠다. 그레이니어가 보기에 이 풀밭은 아름다운 곳이었다. 누가 여길 그림으로 그려야 할 것 같다고 그는 글래디스에게 말했다. 미나리아재비가 산들바람에 고개를 끄덕이고, 데이지 꽃잎들이 가늘게 몸을 떨었다. 하지만 저 멀리 벌판 건너편에서는 모든 것이 가만히 있는 것처럼 보였다.

글래디스가 말했다. "지금은 모든 게 얼추 이해가 가

요." 그레이니어는 그녀가 교회와 성경을 얼마나 진지하게 생각하는지 알기 때문에, 그쪽 이야기를 하는 것 같다고 생각했다.

"이제 내가 뭘 좋아하는지 알겠죠?" 그가 말했다.

"네, 알아요."

"내가 아주, 아주 좋아하는 것이 보이네요." 그는 이렇게 말하고 나서 그녀의 입술에 키스했다.

"아. 입술이 이에 납작하게 눌렸어요."

"싫은가요?"

"아뇨. 다시 해봐요. 이번에는 좀 살살."

이 첫 키스로 그는 구멍에 빠졌다가 다른 세상으로 튀어나온 것 같은 기분이 되었다. 그 세상에서 잘 지낼 수 있을 것 같았다. 마치 지금까지 엉뚱한 방향으로 열심히 힘을 쓰다가 몸을 돌려 하류로 향하고 있는 것 같았다. 두 사람은 데이지 꽃들 사이에서 키스를 하며 그날 오후를 다 보냈다. 그는 찬란한 기분이었다. 원래 몸속에 있어야 하는 양보다 훨씬 많은 양의 피가 온몸을 채운 것 같았다.

햇볕이 너무 뜨거워지자 두 사람은 풀밭에 외로이 서 있는 소나무 아래로 자리를 옮겼다. 그는 나무에 등을 기댔고, 그녀는 그의 어깨에 뺨을 기댔다. 하얀 데이지 꽃들이 벌판에 워낙 많아서 거품처럼 보였다. 그는 이제 그녀에게 청혼하고 싶었지만 말을 꺼내기가 무서웠다. 그녀는 틀림없이 그의 청혼을 기다리고 있을 터였다. 그렇지 않다면 여기에 그와 함께 눕지 않았을 것이다. 그의 팔에 그녀의 숨결이 닿고, 그의 얼굴에 그녀의 머리카락이 닿았다. 그녀의 머리카락에서는 땀과 비누의 향기로운 냄새가 희미하게 났다……"내 아내가 되어주겠습니까, 글래디스?" 그는 이 말을 하면서 스스로 깜짝 놀랐다.

"네, 밥, 그러고 싶어요." 그녀는 이렇게 말하고 나서 1분 동안 숨을 참는 것 같았다. 그러다가 그가 한숨을 내쉬었고, 둘이 함께 웃었다.

1920년 여름 그가 로빈슨 협곡에서 400달러를 벌어 돌아왔다. 아이다호주 코들레인까지는 여객 열차를 탔고, 그다음에는 수레로 팬핸들을 달렸다. 불길이 모이 계곡을 잡아먹고 있었다. 그는 계속 짙어지는 연기 속을 뚫고 보너스페리로 들어왔다. 모이강 변에 살다가 집을 잃은 사람들이 이 작은 마을에 잔뜩 북적거리고 있었다.

그레이니어는 마을로 피난 온 사람들 사이에서 아내와 딸을 찾아 헤맸다. 많은 사람들이 이제 아무것도 없이 살아가야 하는 처지였다. 아무도 그의 가족 소식을 알지 못했다.

그는 몇 개 되지도 않는 소지품들, 인형, 거울, 고삐 등 죄다 물에 흠뻑 젖은 잡동사니들 사이에서 야영하고 있는 100여 명의 사람들 사이를 헤매 다녔다. 이들은 불길을 뚫고 강물을 헤치며 남쪽으로 간신히 내려온 사람들이었다. 불길보다 빠르게 움직일 수 있기를 바라면서 북쪽으로 향한 사람들은 행방이 묘연했다. 그레이니어는 모든 사람을 붙들고 물어보았지만, 아내와 딸의 소식을 들을 수 없었다. 피난민들이 살아서 나온 것을 기뻐하며 미처 빠져나오지 못한 사람들의 운명에 무심하게 구는 이상한 모습을 직접 눈으로 목격하면서 그는 점점 정신을 차릴 수 없었다.

북쪽으로 향하는 스포캔 국제철도도 보너스에서 중단되었다. 불길이 잦아들고 비가 내려 팬핸들을 흠뻑 적신 뒤에야 다시 움직일 것 같았다. 그레이니어는 연기를 피하기 위해 코와 입을 손수건으로 가리고 모이 리버 로드를 따라 집까지 20마일을 걸었다. 은빛이 도는 눈송이 같은 재를 헤치고 걸으며, 자주 걸음을 멈추고 강물에 손수건을 적셨다. 여기에는 불꽃이 전혀 없었다. 불길은 메도크릭 마을 위쪽으로 그리 멀지 않은 강의 동편에서 시작되어 북쪽으로 번지면서 좁은 협곡을 통해 강을 건넜다. 거대한 가문비나무들이 불길에 휩싸여 쓰러지며 다리 역할을 해준 탓이었다. 불길은 그렇게 계곡을 집어삼켰다. 메도크릭에는 인적이 없었다. 그는 기차역 플랫폼에 서서 그곳에 있는 통에서 물을 마신 뒤 그대로 다시 걸었다. 곧 검게 탄 숲을 지나가게 되었다. 겨우 며칠 전만 해도 푸르던 나무들이 이제는 거대한 창처럼 변해 있었다. 세상은 회색, 하얀색, 검은색으로 변해서 매캐한 냄새를 풍겼다. 동물이든 식물이든 살아 있는 것은 하나도 없고 불꽃도 없었지만, 불길의 기세와 열기는 여전히 온전하게 남아 있었다. 재가 너무 많고, 숨 막히는 연기도 너무 짙었다. 집까지 아직 몇 마일이나 남았을 때 그는 이미 집에 아무것도 남지 않았을 것이라고 확신하면서도 계속 걸었다. 아내와 딸을 생각하고 엉엉 울면서 몇 번이나 이름을 불렀다. "케이트! 글래디스!" 그는 길을 벗어나 앤더슨 일가의 집이 있던 자리를 들여다보았다. 메도크릭을 지나면 가장 먼저 나오는 집이었다. 처음에는 과연 여기가 오두막이 있던 자리가 맞는지도 알 수 없었다. 땅이 전부 계곡과 마찬가지로 불에 타서,

마지막 남은 불꽃이 쉭쉭거리는 소리를 빼면 아무 소리도 들리지 않았다. 높이 쌓인 잿더미 속에서 화덕이 언덕처럼 솟아 있었다. 쇠로 된 화덕의 다리는 열기 때문에 뒤틀린 상태였다. 굴뚝에서 떨어져 나온 커다란 돌 몇 개가 근처에 흩어져 있고, 나머지는 모두 재 속에 파묻혀 있었다.

그는 계속 북쪽으로 걸어갔다. 나무가 탁탁 타는 소리와 불길이 쉭쉭거리는 소리가 점점 커졌다. 그렇게 걷다 보니 검게 탄 모든 나무가 아직도 연기를 피워 올리고 있었다. 굽잇길을 돌자 불길이 포효하는 소리가 들리고, 반 마일쯤 앞에서 불길이 보였다. 검은색과 빨간색이 섞인 커튼이 밤하늘에서 뚝 떨어진 것 같았다. 아직 거리가 있는데도 열기 때문에 그는 걸음을 멈추고 무릎으로 주저앉았다. 자신이 지금까지 헤치며 지나온 뜨거운 재 속에 그렇게 앉아 울었다.

열흘 뒤 스포캔 국제철도가 다시 달리게 되었을 때, 그레이니어는 그 기차를 타고 브리티시컬럼비아주 크레스턴으로 갔다가, 같은 날 저녁에 예전에 자신의 집이 있던 계곡을 따라 다시 남쪽으로 내려왔다. 불길은 계곡 양편의 능선을 타고 올라가 산의 반대편 능선을 반쯤 내려간 곳에서 멈춰 섰다. 그레이니어가 열심히 들은 소식에 따르면 그랬다. 그 바람에 도랑에 모닥불을 피운 것처럼 계곡 전체가 완전히 타버리고 말았다. 로버트 그레이니어는 석양 무렵에 본 불탄 계곡의 모습을 평생 생생히 기억했다. 맨정신으로 그렇게 꿈같은 광경을 본 적이 없었다. 머리 위 하늘에서는 마지막 남은 햇빛이 파스텔색으로 눈부신 광경을 그려내고, 하얀 구름 몇 점이 높이 떠서 계곡 너머의 햇빛을 받고 있었다. 다른 구름들은 갈비뼈 모양으로 회색이나 분홍색을 띠었다. 가장 낮게 걸린 구름은 부사드산과 퀸산의 꼭대기에 닿아 있었으며, 이 장관 아래에 검은 계곡이 있었다. 완전히 적막한 모습으로. 기차가 그 계곡을 지나가며 엄청난 소음을 만들어냈지만, 죽어버린 이 세계를 깨울 수 없었다.

크레스턴에서 들은 소식은 끔찍했다. 모이 계곡 화재에서 아무도 그쪽으로 도망쳐 오지 않았다는 것이었다.

그레이니어는 사촌의 집에 여러 주 동안 머물렀다. 그 상황에서 당연한 슬픔과 혼란 때문에 병이 들어 사람 구실을 제대로 할 수 없는 상태였다. 그는 아내와 어린 딸을 잃었음을 납득했지만, 가끔 폭풍이 자신을 엄습하는 것 같았다. 저항할 수 없는 군대처럼 그의 머릿속으로 폭풍이 밀려왔다. 글래디스와 케이트가 불길을 피해 도망쳤을 것이라는 생각. 그러니 세상 구석구석을 뒤져서라도 그 둘을 찾아내야 한다는 생각. 매일 밤 그는 악몽을 꾸다 깨어났다. 글래디스가 검게 탄 풍경 속에서 집이 있던 자리로 나왔다. 연기가 나는 누더기를 입고 딸을 품에 안은 그녀는 아무것도 남지 않은 집터에 서서 울었다.

화재로부터 30일이 지난 9월에 그레이니어는 말 두 마리와 수레 한 대를 빌려서 필요한 물건들을 싣고 강가의 길을 따라 출발했다. 자기 땅에 임시로 지낼 만한 곳을 지은 뒤, 겨울 내내 가족이 돌아오기를 기다릴 생각이었다. 누가 들으면 어리석은 생각이라고 했을지도 모르지만, 이 시도 덕분에 그는 제정신을 찾을 수 있었다. 폐허가 된 지역에 발을 들여놓자마자 심장에 고인 슬픔이 검게 변해서 정화되는 것이 느껴졌다. 마치 그곳에 실제로 뭉쳐 있던 덩어리에서 정신 나간 희망이 만들어낸 모든 생각이 불에 타 사라지는 것 같았다. 그는 깊게 쌓인 잿더미 속에서 수레를 몰았다. 눈이 높이 쌓였을 때처럼, 어떤 곳에서는 길이 어디인지 알 수 없었다. 속도가 아주 빠르거나 날개가 달린 동물들만이 이 엄청난 불길을 피해 도망칠 수 있었을 것 같았다.

연기 냄새 때문에 숨 쉬기도 힘든 폐허 속을 몇 마일이

나 이동한 뒤에야 그는 포기하고 방향을 돌려 다시 마을로 돌아왔다.

가을이 시작되고 얼마 되지 않아, 스포캔에서 나온 사람들이 메도크릭의 작은 철도 막사에 호텔을 세웠다. 봄에는 모든 것을 잃은 사람들 몇 명이 가족과 함께 돌아와 모이 계곡에서 다시 시작해 보려고 했다. 그레이니어는 미처 그런 생각을 하지 못하다가, 5월에 강가에서 야영하면서 낚시질로 무지개송어를 잡고, 캐나다인들이 모렐이라고 부르는 아주 향기롭고 희귀한 버섯을 찾아다녔다. 불길이 휩쓸고 간 땅에서 솟아나는 버섯이었다. 여러 날 동안 북쪽으로 나아가던 그레이니어는 옛 집에서 소리를 지르면 들릴 만한 거리까지 온 것을 깨닫고 자신과 글래디스가 물가를 오갈 때 항상 이용하던 골짜기를 올라갔다. 모두가 죽어버린 땅에 벌써 새싹과 꽃이 지천으로 올라와 있는 광경이 놀라울 따름이었다.

그는 오두막이 있던 자리까지 올라가 봤지만 아무것도 없었다. 예전에 그가 이곳에 살았음을 보여주는 흔적을 찾을 길이 없었다. 검은 창처럼 변한 가문비나무들에 에워싸인 검은 땅 한 뙈기가 있을 뿐이었다. 오두막은 완전히 잿더미로 변해서 주변의 흙과 섞인 뒤였다. 그 위에 눈이 덮였다가 녹으면서 재와 흙이 함께 쓸려 갔다.

장작 난로가 한쪽에 쓰러져 있는 것이 보였다. 난로의 다리는 딱정벌레 다리처럼 구부러져 있었다. 그는 난로를 똑바로 세우고 손잡이를 억지로 움직여 보았다. 경첩이 부서지면서 문이 떨어져 나왔다. 안에는 거의 타지 않은 자작나무 장작 하나가 들어 있었다. "글래디스!" 그는 크게 외쳤다. 그가 사랑했던 모든 것이 재로 변해 사방에 무너져 있었지만, 여기 이 물건은 아내의 손길이 닿은 것이었다.

그는 주변에 굳어버린 진흙을 뒤져보았지만, 거의 아무것도 찾지 못했다. 발을 질질 끌며 재 속을 걷던 그의 발길에, 그가 오두막 벽을 지을 때 사용한 긴 못 하나가 채였다. 그게 전부였다.

성경책도 보이지 않았다. 주님이 자신의 말씀이 기록된 책조차 지키지 못했다면, 그레이니어가 보기에 그것은 이곳을 찾아온 불길이 하느님보다 더 강했다는 증거였다.

돌아오는 6월이나 7월에는 이 터에 풀이 나서 초록색으로 변할 것이다. 벌써 잿더미 속에서 방크스소나무 수십 그루가 1피트 높이로 솟아 있었다. 그는 가엾은 케이트를 생각하며 또 큰 소리로 혼잣말을 했다. "우리 케이트는 아직 새싹도 되지 못한 아기였는데."

이 불모지에 살아 있는 생물은 틀림없이 그레이니어 자신뿐일 것 같았다. 하지만 옛 집터에 서서 큰 소리로 혼잣말을 하던 그의 귀에 저 멀리 산꼭대기에서 늑대가 화답하는 소리가 들렸다. 조금 있으니 다른 늑대들도 화답하기 시작해서, 나중에는 계곡 전체가 노래를 부르는 것 같았다. 새들도 있었다. 먹이를 찾아 나선 것 같지는 않았지만, 불에 탄 지역을 가로질러 날아가면서 잠시 쉬기 위해 내려앉곤 했다.

글래디스인지 그녀의 유령인지, 하여튼 그녀의 존재가 가까이에 있었다. 그녀와 아기의 물건이었던 어떤 것이 이 근처에 묻혀서 그의 손길을 기다리고 있는 것 같은 느낌이 그를 엄습했다. 어떤 물건이지? 어쩌면 글래디스가 사 온 초콜릿일 수도 있겠다는 생각이 들었다. 빨간 상자 속에서 컵처럼 오목한 하얀 종이에 싸여 있는 초콜릿이었다. 정신 나간 생각이었지만, 그는 굳이 이 생각에 이의를 제기하지 않았다. 글래디스와 아이는 매주 한 번씩 초콜릿 한 개를 빨아 먹었다. 그 하얀 종이컵이 사방에 흩어져 있는 모습이 갑자기 눈에 보이는 듯했다. 그러나 그가 종이컵을 똑바로 바라보려고 하면, 컵이 사라져 버렸다.

날이 어두워질 무렵, 그레이니어는 강가에서 담요를 덮

고 누워 있다가 강을 따라 허공을 빠르게 날아가는 어떤 것에 시선을 빼앗겼다. 자세히 보니 아내 글래디스의 하얀 보닛이 허공을 둥실둥실 떠가고 있었다. 그냥 그렇게 떠가고 있었다.

그는 이 야영지에 여러 주 동안 머무르며 기다렸다. 그 보닛이나 초콜릿 같은 환상을 더 많이 보고 싶었다. 그렇게 여기서 불가능한 것들을 보고 그것이 마음에 든다면, 혼잣말을 하는 버릇도 괜찮은 것 같다고 생각했다. 하루에도 몇 번씩 그는 거하게 한숨을 내쉬면서 말했다. "진짜 미치겠네!" 이렇게 자꾸 한숨을 내쉬느니 일어나서 뭔가 하는 편이 나을 것 같았다.

가끔 그는 케이트를 생각했다. 그 예쁜 아기. 하지만 자주 생각하지는 않았다. 케이트의 경우는 그리 슬프지 않았다. 살아 있는 것은 고사하고, 아직 의식도 별로 없었을 테니까.

그는 말린 모렐 버섯과 갓 잡은 송어를 메도크릭의 상점에서 산 버터로 요리해 먹으며 여름을 났다. 얼마쯤 시간이 흐른 뒤 개 한 마리가 나타났다. 털이 빨간 작은 암캐였다. 개가 옆에 머무르면서 그는 혼잣말을 그만두었다. 혼잣말을 하다가 개에게 들키면 부끄러웠기 때문이다. 그는 캔버스 천과 밧줄을 메도크릭에서 샀다. 나중에는 암염소 한 마리를 사서 야영지까지 데리고 걸어왔다. 개는 이 신참을 경계하며 거리를 두고 따라다녔다. 그레이니어는 염소를 근처에 매어두었다.

그는 그리 심하게 타지 않은 협곡의 개울가에서 며칠 동안 버드나무 가지를 모아 너비가 2야드쯤 되고 높이는 절반인 바구니를 짰다. 그리고 개와 함께 메도크릭까지 걸어가서 암탉 네 마리와 녀석들을 얌전히 다스릴 수탉 한 마리를 사서 곡식 자루에 넣고 집으로 돌아와 그 바구니를 닭장 삼아 넣어 두었다. 그는 가끔 하루나 이틀 동안 녀석들을 풀어주었지만, 암탉들이 어디 비밀스러운 곳에 알을 낳지 않게 하려고 자주 가둬두었다. 하지만 모든 것이 파괴된 이곳에 알을 숨겨둘 장소가 그리 많지는 않았다.

작은 빨간색 개는 염소젖과 생선 머리를 먹이로 먹었다. 그 밖에도 뭐든 제가 잡은 것들을 먹는 모양이었다. 녀석은 마음이 내킬 때는 괜찮은 동무 역할을 해주었지만, 며칠씩 혼자 돌아다닐 때도 있었다.

땅에 풀이 자라지 않았기 때문에 그는 염소에게 알을 낳는 암탉들을 위한 먹이를 똑같이 주었다. 이런 먹이는 값이 비쌌다. 9월에 첫 서리가 내린 뒤 그는 염소를 잡아

대부분의 고기를 육포로 만들었다.

두 번째 서리가 내린 뒤에는 2주 동안 닭들을 한 마리씩 목을 비틀어 죽여서 스튜로 만들어 먹었다. 그와 개는 이런 식으로 수탉까지 싹 잡아먹었다. 그러고는 메도크릭으로 떠났다. 자신이 살던 움막 외에는 강가에 건물을 지은 적도 밭을 가꾼 적도 없었다.

떠날 준비를 하면서 그는 개와 미래에 대해 의논했다. "읍내에서 개를 키우는 건 내 성격이 아닌데 말이야. 그래도 네가 늙어 보인단 말이지. 늙은 개를 여기 산속에 혼자 두면 겨울을 나지 못할 거야." 그는 요금을 5센트 더 치르고 함께 기차에 올라 10여 마일 떨어진 보너스페리로 갈 것이라고 개에게 말했다. 하지만 이 계획이 개의 마음에는 들지 않았음이 분명했다. 그가 메도크릭의 기차역으로 내려가려고 몇 개 되지도 않는 물건을 챙기던 날, 그 작은 개는 온데간데없이 사라져 버렸다. 그래서 그는 혼자 그곳을 떠났다.

1년 전 로빈슨 협곡에서 잠깐 일을 하면서 그는 보너스페리에서 겨울을 날 수 있을 만큼 돈을 벌었다. 하지만 그 돈을 더 아껴 쓰기 위해 그는 윌리엄스라는 남자 밑에서 시간당 20센트를 받는 일자리를 얻었다. 윌리엄스는 그레이트 노던 철도에 코드†당 2달러 75센트의 가격으로 장작 1천 코드를 공급하기로 계약을 맺은 사람이었다. 하루 종일 꾸준히 힘을 쓰며 일한 덕분에 그레이니어와 다른 일꾼 일곱 명은 추위를 느끼지 못했다. 그해 겨울이 아주 오랜만에 가장 추운 겨울이라는데도 상관없었다. 쿠트나이강이 꽁꽁 얼어붙어서 소 200마리가 얼음을 밟으며 강을 건넜다. 그레이니어와 일꾼들은 톱과 도끼로 손질해야 하는 자작나무와 낙엽송 통나무를 수레들이 부려놓는 자리에서 그 광경을 지켜보았다. 소떼는 아무것도 없는 하얀 얼음 위를 이동하며 눈 같은 안개를 피워 올렸다. 처음에는 그 안개에 녀석들의 모습만 가려졌지만, 나중에는 강둑 북쪽의 세상이 모두 사라졌다. 안개는 하늘의 태양을 가릴 정도로 높이 솟아올랐다.

3월 말에 그레이니어는 모이 계곡의 옛 집터로 돌아왔다. 이번에는 수레 가득 생필품이 실려 있었다.

파괴되어 얼마 남지 않은 숲에 동물들이 돌아와 살고 있었다. 그레이니어가 모래 빛깔의 펑퍼짐한 암말이 느릿느릿 끄는 수레를 타고 가는데, 오렌지색 나비 무리가 곰

† 목재나 장작의 단위.

을 조심하라고 알리는 어두운 보라색 표지판 더미에서 폭발하듯 쏟아져 나와 마법처럼 팔랑거렸다. 마치 나무가 없는 이파리들 같았다. 진흙길에는 사람보다 곰의 흔적이 더 많았다. 길 한가운데에 곰들이 똑바로 오간 자국이 남아 있었다. 늦여름이 되면 녀석들이 먹이를 찾아 아래쪽 월귤나무 밭으로 내려올 것이다. 검게 탄 능선에 벌써 월귤나무들이 자라고 있는 것이 보였다.

그는 전에 강가에서 야영을 하던 자리에 캔버스 천으로 움막을 만들고, 60여 그루의 불탄 가문비나무를 베었다. 전부 굵기가 기껏해야 그의 모자 둘레 정도 되는 나무들이었다. 그가 이 나무들을 고른 것은, 혼자서 다루기에는 지름이 자기 머리둘레와 비슷한 통나무가 좋다는 속설을 따른 결과였다. 그는 빌린 말로 나무를 공터까지 운반한 뒤, 보너스페리의 마구간에 가서 말을 반납하고 기차에 올라 메도크릭으로 돌아왔다.

이틀 뒤 그는 옛집, 아니 이제는 새 집이 된 그곳에 돌아와 그동안 일을 하느라고 미처 보지 못한 광경을 비로소 보았다. 봄기운이 완연해져서 밝은 햇빛과 아름다운 풍경이 펼쳐져 있고, 모이 계곡에는 검게 탄 산을 배경으로 초록색 풀이 아주 많이 돋아 있었다. 주위의 땅이 치유되는 중이었다. 불탄 자리에 나는 잡초들과 방크스소나무가 허벅지 높이까지 자랐고, 소나무 꽃가루가 살짝 겨자색을 띠는 안개처럼 바람에 실려 계곡을 떠다녔다. 만약 그가 새로 돋아난 이 식물들을 뽑아버리지 않는다면, 공터가 숲으로 변해버릴 것 같았다.

그는 사방의 길이가 약 18피트인 오두막을 지었다. 선을 그어놓고, 땅이 어는 높이보다 더 깊게 무릎 깊이로 땅을 파서 돌을 기초로 쌓았다. 길이를 맞춰 통나무를 자르고, 홈을 새긴 뒤, 가장 긴 통나무를 등에 지고 들어올려 정해진 자리에 넣었다. 한 달 만에 네 벽을 거의 8피트 높이로 쌓을 수 있었다. 창문과 지붕은 나중으로 미뤄두었다. 제재소에서 자른 나무를 구할 수 있게 됐을 때로. 그는 비를 피하기 위해 오두막 동쪽 끝 위에 캔버스 천을 얹었다. 나무의 껍질을 벗길 필요는 없었다. 화재가 이미 그 일을 대신 해준 덕분이었다. 그는 불길에 죽은 나무들이 가장 오래 간다는 말을 들은 적이 있었다. 하지만 오두막에서 악취가 나는 것이 문제였다. 그는 흙바닥 한가운데서 방크스소나무의 이파리를 태워 냄새를 바꾸려고 시도했다. 얼마쯤 지나고 나니 성공한 것 같았다.

6월 초에 그 빨간 개가 나타나 구석에 자리를 잡더니,

상당히 늑대를 닮은 강아지 네 마리를 낳았다.

메도크릭의 상점에서 그는 밥이라는 쿠트나이 인디언과 이런 일에 대해 이야기했다. 쿠트나이 밥은 그레이니어처럼 언제나 술을 거절하고 읍내에서 여러 일을 하는 성실한 남자였다. 그레이니어와도 오래전부터 알던 사이인 쿠트나이 밥은 강아지들이 늑대를 닮았다면 상당히 이상한 일이라고 말했다. 쿠트나이족은 늑대 굴에서 한 쌍만이 새끼를 낳을 수 있다고 알고 있었다. 즉, 수컷 늑대들은 무슨 수를 써도 자기 무리의 대장인 암컷 한 마리 외에 다른 암컷과는 짝짓기를 하지 않는다는 것이었다. 그리고 수컷이 선택한 암컷만이 무리 중에서 유일하게 발정기에 들어간다고 했다. 밥이 말했다. "그러니까 자네의 방랑자 개가 늑대를 낳을 리가 없다는 거야." 그래도 만약 녀석이 마침 발정기 때 늑대 무리를 만났다면 어떨까. 그레이니어가 물었다. 대장 수컷이 순전히 신기한 마음에 암컷 개와 짝짓기를 할 수도 있지 않을까? "글쎄, 글쎄." 밥이 말했다. "그럴 수도 있겠지. 정말로 그 강아지들한테 늑대 피가 섞였을 수도 있겠지. 자네만의 무리가 새로 생겨난 것일 수도 있어, 로버트."

강아지 네 마리 중 셋은 젖을 떼자마자 어디론가 가버

렸지만, 몸놀림이 날래지 않은 수컷 한 마리는 그냥 남았다. 어미도 녀석을 묵인해 주었다. 그레이니어는 이 녀석이 늑대의 자손이라고 확신했지만, 멀리서, 그러니까 때로는 무려 브리티시컬럼비아 쪽의 셀커크산맥에서까지 늑대 무리가 울어대도 녀석은 전혀 화답하지 않았다. 그레이니어는 녀석에게 본성을 가르쳐야 할 필요가 있다고 생각했다. 그래서 어느 날 저녁 녀석 옆에 앉아서 늑대처럼 울었다. 강아지는 분홍색 혀를 닫힌 입 바깥으로 1인치쯤 멍청하게 내민 채 가만히 앉아 있기만 했다. "넌 왜 본성을 따르지 않는 거냐. 다른 늑대들이 울면 너도 따라 울어야지." 그는 잡종 강아지에게 말했다. 그리고 똑바로 일어서서 협곡을 향해 길고 슬프게 울었다. 날이 거의 어두워진 때라 조용하게 흐르는 낮은 강 저편이 잘 보이지 않았다⋯⋯ 강아지는 아무 반응이 없었다. 하지만 그 뒤로 그레이니어는 황혼 녘에 늑대 소리가 들리면 자주 고개를 뒤로 젖히고 있는 힘껏 늑대처럼 울었다. 그러면 기분이 좋아졌기 때문이다. 가슴속에 쌓이곤 하는 묵직한 것이 빠져나가는 기분이었다. 브리티시컬럼비아 늑대 합창단과 저녁에 이렇게 한바탕 공연을 하고 나면 마음이 따뜻해지고 기운이 났다.

그는 쿠트나이 밥에게 이런 변화를 설명하려고 했다. "늑대처럼 운다고, 자네가?" 밥이 말했다. "그렇게 된 거로군. 그런 일이 있다고 했어. 사람들 말로는. 살아 있는 늑대가 언제나 사람을 길들일 수 있다고 말이야."

강아지는 가을이 오기 전에 사라졌다. 그레이니어는 녀석이 국경을 넘어 캐나다의 형제들에게로 갔으면 좋겠다고 생각했지만, 최악의 경우 매나 코요테의 먹이가 됐을 가능성도 아주 없지는 않았다.

많은 세월이 흐른 뒤 1930년에 그레이니어는 쿠트나이 밥을 만났다. 바로 밥이 죽던 날이었다. 그날 쿠트나이 밥은 평생 처음으로 술에 취했다. 국경 너머 브리티시컬럼비아에서 온 농장 일꾼들이 레모네이드와 맥주를 섞은 음료로 그에게 술을 먹이는 데 성공한 것이다. 그들은 이 음료는 마셔도 아무렇지 않을 것이라고 말했다. 레몬즙이 맥주의 효과를 모두 무위로 돌려버릴 것이라는 논리였다. 쿠트나이 밥은 그들의 말을 믿었다. 미국은 금주법을 시행한 지 10년이 넘었고, 이 일꾼들의 고향인 캐나다에서는 술이 아직 허용되고 있었으므로, 술에 관한 한 그들이 전문가라고 생각했기 때문이었다. 그레이니어가 저녁 무렵 늙은 밥을 발견했을 때, 그는 메도크릭에 있는 호텔 앞 벤치에 앉아 있었다. 8쿼트들이 맥주통(이제 레모네이드는 흔적도 없었다)을 양다리로 감싸고, 목마른 똥개처럼 핥아먹는 중이었다. 오후 내내 닥치는 대로 술을 마신 탓에 그는 계속 오줌을 지리면서 말도 제대로 하지 못했다. 날이 어두워진 뒤 그는 휘청휘청 그 자리를 떠나서 어찌 된 영문인지 철도를 따라 1마일을 걸어갔다. 그리고 의식을 잃고 침목에 쓰러져 달려오는 열차에 연달아 치였다. 네다섯 대쯤 열차가 지나가고, 까마귀들이 잔뜩 그 자리에 모여든 다음 날 오후 늦게야 사람들이 무슨 일인가 하고 와보았다. 쿠트나이 밥의 시체는 철로를 따라 4분의 1마일 거리에 여기저기 흩어져 있었다. 그 뒤 며칠 동안 그의 부족 사람들이 철로 옆의 빈 땅에서 부지런히 움직이며, 까마귀들이 미처 가져가지 않은 살점이나 뼛조각이나 천조각을 아무리 작은 것이라도 모아서 밝고 아름답게 색칠 된 가죽 주머니에 넣었다. 그 주머니들을 어딘가로 가져가서 반드시 적절한 의식과 함께 땅에 묻어주었을 것이다.

5

 그레이니어는 자신의 삶에 계절에 따른 리듬이 있음을 알아차렸다. 여름은 워싱턴에서, 봄가을은 자신의 오두막에서, 겨울은 보너스페리의 하숙집에서 보내는 식이었다. 그러나 이것을 알아차린 무렵 그는 이런 생활을 오래 지속할 수는 없을 것 같다는 생각을 하기 시작했다. 두 번째 오두막에서 살기 시작한 지 4년째 되던 해였다.

 여름에 버는 돈으로 그는 1년을 충분히 살 수 있었으나, 벌목은 그에게 맞는 일이 아니었다. 처음에는 겨울에 쉬면서 몸을 회복하는 일이 절실히 필요하다는 사실을 알아차렸을 뿐이지만, 나중에는 겨울에 쉬는 것만으로는 부족한 것 같다는 생각이 들었다. 양쪽 무릎이 모두 욱신거리고, 팔을 똑바로 펴면 팔꿈치에서 큰 소리가 났다. 오른쪽 어깨를 잘못 움직이면 어깨가 당기다가 뚝 끊어지는 듯한 느낌이 들었다. 몸이 뻣뻣한 증세는 대개 오전에 그럭저럭 괜찮아져서 오후 내내 기계처럼 일할 수 있었지만, 이제는 그의 나이도 서른다섯을 훌쩍 넘어 마흔 살에 가까웠다. 이제는 정말로 숲에서 이렇다 할 구실을 하지 못했다.

1925년 4월에 그는 워싱턴으로 떠나지 않았다. 이제는 누구든 마음만 먹으면 근처에서 쉽게 일자리를 구할 수 있었다. 그는 집과 가까운 곳에 있고 싶어서 말 두 마리와 수레를 구했다. 그러나 그것을 손에 넣게 된 과정이 애잔했다. 수레는 원래 2번 고속도로에서 기계 수리점을 경영하는 핑컴 부부의 소유였다. 그레이니어는 그들의 손자인 헨리를 도와 핑컴의 수레에 옥수숫가루 부대를 싣는 일을 하기로 했다. 평소 행크라고 불리는 헨리는 10대 후반, 많아야 20대 초반을 넘지 않는 나이였으며 덩치가 아주 컸다. 그레이니어는 톱자루를 고정할 나사를 몇 개 사려고 핑컴의 가게에 잠깐 들렀다가 그의 부탁으로 행크를 돕게 되었는데, 고작 자루 두 개를 실은 뒤 행크가 어깨에 메고 있던 자루를 헛간 바닥으로 내동댕이치며 이렇게 말했다. "오늘따라 어지러워 죽겠어요." 그는 자루 더미 위에 앉아 모자를 벗더니 그대로 옆으로 픽 쓰러져 죽어버렸다.

그레이니어가 부르는 소리에 집에 있던 핑컴 씨가 달려와 "오, 오, 오"라고 소리를 지르면서 손자에게 다가갔다. 그는 믿을 수 없다는 듯 입을 다물지 못했다. "설마 죽은 건 아니지?"

"잘 모르겠는데요, 어르신. 제가 어찌 알겠어요. 거기 앉더니 그냥 쓰러졌어요. 힘들다는 말도 제대로 안 한 것 같은데……" 그레이니어가 말했다.

"가서 사람을 좀 불러오게." 핑컴 씨가 말했다.

"누굴 불러올까요?"

"내가 집사람을 데려와야겠어." 핑컴은 겁에 질린 얼굴로 그레이니어를 바라보며 말했다. "집에 있네."

그레이니어는 죽은 청년과 단둘이 남아 그쪽으로는 눈을 돌리지 않았다.

핑컴 부인이 손을 파닥거리며 헛간으로 들어왔다. "행크? 행크?" 그녀는 허리를 숙여 손자의 얼굴을 양손으로 감쌌다. "어떻게 된 거야?"

"죽은 거지?" 핑컴 씨가 말했다.

"죽었어요! 죽었어요!"

"죽었어, 펄."

"하느님이 데려가셨어요." 핑컴 부인이 말했다.

"오, 주여, 이 아이를 품으로 데려가시고……"

"그때부터 예상했어야죠!" 핑컴 부인이 소리쳤다.

"심장이 약했어." 핑컴 씨가 설명했다. "그런 기미가 있었지. 우리도 다 알고 있었는데."

"이 아이 심장이 목숨이었어요." 핑컴 부인이 말했다. "언제든 이 애를 제대로 봤다면 알 수 있었어요."

"맞아." 핑컴 씨가 말했다.

"얼마나 착한 애였는데." 핑컴 부인이 말했다. "아직 이렇게나 젊은데. 아직 이렇게나 젊은데!" 부인은 성난 사람처럼 일어서서 척척 헛간 밖으로 걸어나가더니 2번 고속도로 옆에서 걸음을 멈췄다.

그레이니어는 전에도 죽은 사람을 본 적이 있지만, 실제로 죽는 모습을 본 적은 없었다. 무슨 말을 해야 할지, 어떻게 해야 할지 알 수 없었다. 이 자리를 떠나야 할 것 같기도 하고, 떠나면 안 될 것 같기도 했다.

핑컴 씨가 집의 그늘 속에 서서 그레이니어에게 부탁을 하나 했다. 그의 아내는 마당에 서서 구름과 제멋대로 뒤섞인 햇빛을 받으며 멍한 얼굴을 하고 있었다. 멀리서 보니 아이처럼 어리고 아름다워 보인다고 그레이니어는 생각했다. "저 애를 헬머에게 데리고 가주겠나?" 핑컴 씨가 말했다. 헬머는 공동묘지 책임자로, 이발사인 스미슨의 도움을 받아 시신을 염하는 일을 자주 하곤 했다. "우리 불쌍한 행크를 수레에 태우세. 수레에 태워. 그리고 자네가 나 대신 아이를 데리고 가줘, 부탁하네. 난 아이 할머니를 돌봐야겠어. 넋이 나가버린 모양이야."

두 사람은 죽은 청년의 무거운 시신을 함께 수레에 실었다. 한참 애를 쓴 끝에 긴 판자 두 개를 이용해서 간신히 실 수 있었다. 두 사람은 먼저 판자를 수레 바닥에 기울게 놓은 뒤 시신을 휙 던졌다가 다시 받고, 던졌다가 다시 받는 식으로 수레 바닥까지 운반했다. "오…… 오…… 오…… 오……" 청년의 할아버지는 시신이 한 번 움직일 때마다 이렇게 소리쳤다. 그레이니어는 다른 사람의 몸에 손을 대본 것이 몇 년 만이었기 때문에, 상황이 이상하다는 점을 별도로 치더라도 이 날의 일이 기억에 남을 수밖에 없었다. 그는 핑컴의 늙은 암말 두 마리를 재촉해서 젊은 행크 핑컴의 시신을 헬머의 묘지로 운반했다.

헬머도 그레이니어에게 한 가지 부탁을 했다. "트로이의 감옥까지 관을 하나 운반해 주고, 메인의 야적장에서 나무를 받아 리오나까지 운반해 준다면, 이 두 가지 일에 대해 각각 별도로 수고비를 주겠네. 하나 가격으로 둘이지. 아니, 그게 아니라 둘 가격으로 하나로군. 그렇지?"

"난 상관없어." 그레이니어가 말했다.

"1마일당 5센트로 쳐주겠네."

"도중에 핑컴 영감 집에 들러서 거기서도 요금을 흥정해야겠군. 1마일에 20센트는 쳐줘야 나도 수지가 맞지."

"뭐, 좋아. 10센트 주겠네. 더 이상은 안 돼."

"좀 더 줘."

"모두 6달러."

"연필이랑 종이가 있어야겠어. 그게 없으면 계산이 안 되거든."

몸집이 자그마한 장의사 헬머가 그에게 필기도구를 가져다주었다. 그리고 함께 머리를 합쳐, 6달러 50센트면 공정한 금액이라는 결론을 내렸다.

그 뒤로 가을 내내, 그리고 겨울 초입까지 그레이니어는 핑컴의 말과 수레를 빌려 부지런히 이런저런 화물을 날랐다. 일이 없을 때는 주인인 핑컴의 집에 말을 맡겨두었다. 그가 하는 일은 대부분 2번 고속도로를 따라 동서로 움직이면서 철도에서 멀리 떨어진 작은 마을들 사이를 돌아다니는 것이었다.

이런 일을 하다 보면, 쿠트나이강을 따라 움직일 때가 있었다. 그럴 때면 항상 윌리엄 코스웰 헤일리가 생각났다. 그를 돕지 않은 것을 후회하는 마음은 날이 갈수록 희미해지기는커녕 오히려 더 선명해졌다. 어떤 때는 자신이 하마터면 살인에 손을 보탤 뻔했던 그 중국인 철도 인부도 생각났다. 그럴 때면 꼼짝도 할 수 없었다. 그 중국인이 복수를 위해 내린 저주 때문에 케이트와 글래디스가 불에 타죽은 것이 분명했다. 아무리 봐도 벌이 너무 과한 것 같았다.

하지만 짐을 운반하는 일은 그가 지금까지 했던 어떤 일보다도 나았다. 이웃들의 어리석음과 노고로 구성된 쇼를 구경할 수 있게 해주는 티켓과 같았다. 그레이니어 인생 최고의 시절이었다. 그는 펑컴에게서 말과 수레를 아예 사들이기로 하고, 300달러를 할부로 지불하겠다는 계약을 맺었다.

그가 이런 결정을 내린 무렵, 그 일대에는 눈이 1피트 넘게 쌓여 있었지만 그는 화물 운반을 2주 정도 더 계속했다. 저지대에서는 겨울 날씨가 그리 매섭지 않은 것 같아도, 고지대는 완전히 꽁꽁 얼어 있었다. 그레이니어가 마지막으로 한 일 중에 하나는 야크 리버 로드를 따라 벌목 마을인 실바나이트의 술집까지 올라가는 것이었다. 이 산속 마을 위쪽에서 혼자 광석을 탐사하던 사람이 얼어붙은 다이너마이트를 자기 집 화덕에서 녹이려다 폭발사고를 일으켰다. 그 남자는 멀쩡히 살아서 술집에서 공짜 위스키를 마시며 자기 개를 칭찬하고 있었다. 개가 사람들을 불러온 덕분에 자신이 살았다는 것이었다. 하지만 사실은 개가 한나절 동안 술집 주위를 돌아다니며 사람들을 워낙 귀찮게 굴자 참다못한 술집 손님 한 명이 개에게 목줄을 걸어 집으로 끌고 간 거였다. 개 주인이 무너진 오두막에서 심한 상처를 입은 채로 헛소리를 하고 있는 것을 그 손님이 발견했다.

팬핸들과 쿠트나이 강가에서는 개에 관한 놀라운 이야기가 많았다. 개가 사람을 구한 이야기, 영리한 술수를 쓴 이야기, 사람만큼 뛰어난 이해력을 발휘한 이야기. 그해의 마지막 일로 그레이니어는 어떤 남자를 메도크릭에서 보너스까지 실어다 주기로 했다. 키우던 개가 쏜 총에 맞은 남자였다.

그레이니어와도 어렴풋이 아는 사이인 그 남자는 이 일대를 오가는 스포캔 국제철도의 측량사로, 이름은 피터슨이고, 원래 고향은 버지니아였다. 피터슨의 상사와 동료들이 좀 더 기다렸다면 다음 날 아침 그를 기차에 싣고 시내로 갈 수 있었을 것이다. 하지만 그들은 남자가 그 전에 죽을지도 모른다고 생각했기 때문에, 그를 그레이니어에게 맡겼다. 그는 남자를 담요에 싸서, 순전히 그를 편안하게 해주려고 나뭇조각을 채워 쌓아둔 자루 여섯 개 위에 앉힌 뒤 모이 리버 로드를 따라 내려갔다.

"뭐 필요한 것 있습니까?" 출발할 때 그레이니어가 물었다.

그는 피터슨이 잠든 줄 알았다. 아니면 더 최악의 상황이 벌어졌거나. 하지만 1분 뒤 그가 대답했다. "아니. 아무 문제 없소."

그달에 일찌감치 긴 해동이 시작되었다. 길에 팬 바퀴자국에서 눈이 녹아 흘렀다. 숲에서는 벌거벗은 땅이 모습을 드러냈다. 하지만 갑자기 다시 날이 추워졌기 때문에, 그레이니어는 결국 동사한 시신을 싣고 가는 꼴이 되지 않기를 기원했다.

처음 몇 마일을 가는 동안에는 손님에게 별로 말을 걸지 않았다. 피터슨이 젊었을 때 당한 불운으로 머리 한쪽이 우그러지고 눈빛도 심상찮아서 똑바로 바라보기 힘들었다.

그래도 마음을 단단히 먹고 가끔 한 번씩 그가 있는 쪽을 흘깃거렸다. 순전히 그가 살아 있는지 확인하기 위해서였다. 햇빛이 계곡에서 물러가자, 피터슨의 광기 어린 눈과 얼굴이 차례로 보이지 않게 되었다. 만약 그가 지금 죽는다면, 그레이니어는 의사의 집 양편에 서 있는 가스등의 불빛 속에 들어선 뒤에야 비로소 그 사실을 알게 될 것이다. 아무 말 없이 수레가 삐걱거리는 소리와 근처에서 강물이 흐르는 소리, 따가닥거리는 말굽 소리만 들으며 거의 한 시간 동안 이동한 뒤 날이 점차 어두워졌다.

그레이니어는 어둠이 싫었다. 껑충하게 서 있는 자작나무도, 노란색 반달 주위에 걸려 있는 구름도 싫었다. 모든 것이 아직 아이 같은 면이 있는 그에게 겁을 주려고 나선 것 같았다. "선생, 살아 있습니까?" 그가 피터슨에게 물었다.

"누구? 나? 그래요. 살아 있소."

"뭐, 그냥 궁금해서 하는 말인데…… 계속 버틸 수 있을 것 같습니까?"

"혹시 죽을 것 같으냐는 말이오?"

"그런 거죠."

"아니. 오늘 밤에는 안 죽을 거요."

"다행이네요."

"나한테는 훨씬 더 다행한 일이지."

가벼운 수다는 이만하면 됐다 싶어서 그레이니어는 궁금해하던 문제를 꺼냈다. "스타우트 부인, 그러니까 선생님 상사의 부인 말인데요, 그분 말씀으로는 선생님의 개가 선생님께 총을 쐈다고 하던데요."

"아, 스타우트 부인은 아주 정직한 분이지…… 어쨌든 내가 알기로는 그래요."

"네, 저도 뭐 똑같은 인상을 받았습니다. 그런데 선생님 개가 총을 쏘았다고 그분이 말했어요."

피터슨은 1분 정도 가만히 있다가, 곧 콜록콜록 기침을 하더니 이렇게 말했다. "공기가 좀 따뜻해진 것 같지 않소? 지난주의 따뜻한 날씨가 가다가 다시 돌아온 것처럼?"

"저는 잘 모르겠는데요. 여기 능선을 지나가기 전에는 항상 한낮의 따뜻한 기운이 남아 있습니다."

두 사람은 달이 조금씩 떠오르는 가운데 계속 움직였다.

"어쨌든 그래요." 그레이니어가 말했다.

피터슨은 대답하지 않았다. 그의 말을 듣지 못한 것 같기도 했다.

"정말로 개가 총을 쏜 겁니까?"

"그래, 맞소. 내가 키우는 개가 내 총으로 날 쐈어요. 아야!" 피터슨이 부드럽게 몸을 움직여 자세를 바꾸며 말했다. "울퉁불퉁한 곳에서는 말을 조금 천천히 몰 수 없소?"

"저야 상관없습니다만, 선생님은 빨리 의사한테 가셔야 할 텐데요. 안 그러면 상태가 어떻게 될지 몰라요."

"좋소. 그럼 포니 익스프레스† 처럼 달려봐요."

"개가 어떻게 총을 쏠 수 있는지 모르겠습니다."

"뭐, 실제로 쐈어요."

"라이플이었습니까?"

"대포는 아니었지. 권총도 아니었고. 라이플이었소."

"그것 참, 신기하네요, 피터슨 씨. 어쩌다 그렇게 된 겁니까?"

"정당방위였소."

그레이니어는 말이 이어지기를 기다렸다. 꼬박 1분이 흘렀지만 피터슨은 계속 침묵을 지켰다.

"이거야, 원." 그레이니어가 몹시 흥분한 목소리로 말했다. "수레를 세우겠습니다. 선생은 여기서부터 걸어가세요. 계속 그렇게 변죽만 울릴 거라면. 내가 몸에 총구멍이 난 선생을 읍내로 데려가면서, 어떻게 개가 총을 쐈느냐고

---

† Pony Express. 19세기 중엽, 미국 서부에서 말 탄 기수들이 교대로 달리며 우편을 신속히 전달했던 특송 제도.

간단히 물었을 뿐인데, 선생은 아무것도 모르는 시골뜨기 행세를 하시니, 원."

"알았소!" 피터슨이 웃음을 터뜨렸다가, 그 바람에 통증이 밀려오자 신음했다. "내 개가 정당방위로 날 쐈소. 내가 먼저 놈을 쏘려고 했거든. 인디언인 쿠트나이 밥이 놈에 대해 한 말 때문이오. 놈이 줄을 풀었고, 내가 묶어두라고 시켰소. 이미 마음을 정했으니까." 피터슨은 몇 초 동안 계속 기침을 했다. "계속 빠르게 이야기하겠소! 다만 지금은 너무 아프니까 조금만."

"알겠습니다. 그런데 왜 쿠트나이 밥을 묶으라고 시켰습니까? 쿠트나이 밥이 이 일과 무슨 상관이 있는 건데요?"

"쿠트나이 밥이 아니야! 개를 묶어두라고 한 거요. 쿠트나이 밥은 그때 근처에 있지도 않았어요. 그가 있었던 건 그전이오."

"그러니까 그 개 말입니다."

"그래요, 개. 내가 묶은 건 그놈이오. **그놈이** 줄을 풀었고. 난 그놈 가까이 갈 수가 없었어요. 내가 한 발 다가갈 때마다 놈이 뒤로 물러났으니까. 내가 놈을 죽일 생각이라는 걸 그놈도 안 거요. 쿠트나이 밥의 말을 이유로 내가 마음을 먹었다는 걸. 그 개는 **아는** 게 많았소. 놈이 겪은 일 때문인데, 쿠트나이 밥이 나한테 해준 이야기도 그거요. 놈은 갑자기 아는 게 아주 많아졌소. 그래서 내가 라이플 총신을 잡고 개머리판으로 놈을 찔러댔지. 그 망할 놈을 잡으려고. 그런데 세상에! 순식간에 내가 엉덩방아를 찧고 말았소. 그러고는 뒤로 쓰러졌지. 하늘이 이상한 방향으로 멀어지더군. 그레이니어 씨, 내가 총에 맞은 거요! 바로 여기에!" 피터슨이 왼쪽 어깨와 가슴에 두른 붕대를 가리켰다. "내 개가 쏜 총에!"

피터슨은 계속 말을 이었다. "놈이 요새 그 늑대 소녀와 어울렸기 때문에 그런 짓을 저지른 것 같소. 늑대 소녀가 사람인지 뭔지. 아니, 나도 잘 모르겠소. 그냥 생물이라고 해야겠지. 하느님의 피조물인지는 잘 모르겠지만. 하기야 이 세상에는 하느님이 창조하시지 않은 생물이 좀 있잖소."

"어울렸다고요?"

"그래요. 지난여름 어느 날 밤에 내가 집 안으로 놈을 들여놓았소. 놈이 계속 시끄럽게 짖어대서. 놈을 옆에 가까이 두고 있다가, 놈이 한 번만 더 짜증나게 굴면 불쏘시개로 패주려고 했거든. 그런데 다음 날 아침에 놈이 벽을 타고 올라가서 창문으로 나가버렸소. 발톱으로 나무를 타는 곰처럼. 그러고는 포치를 서성거리다가, 마당으로 내려가서 또 서성거리다가, 숲으로 들어갔소. 나는 그 뒤로 열사흘 동안 놈을 못 봤어요. 알았소, 알았소⋯⋯ 쿠트나이 밥이 얼마 뒤 내 집에 들렀소. 그자와 아는 사이요? 그자의 이름은 밥캣 어쩌고저쩌고요. 밥캣이 산을 먹었다나 어쨌다나, 하여튼 그 시대에 뒤떨어진 인디언식 이름이었지. 그자는 계절마다 두 번 정도 들러서 돈을 구걸하기도 하고, 코담배랑 물을 좀 달라고 하기도 해요. 그런데 그자가 뭐라고 말했는지 알겠소? 그 늑대 소녀를 근처에서 봤다는 거요. 그래서 내가 내 개를 보여주면서, 이 녀석이 열사흘 동안 사라졌다가 돌아왔는데, 완전히 거칠어져서 날 잘 알아보지도 못한다고 말했소. 밥은 놈의 얼굴에 아주 가까이 몸을 숙이고 들여다보다가 이렇게 말했소. '이 개를 빨리 총으로 쏴버려요. 이놈의 검은자위에 그 늑대 소녀의 그림이 있습니다. 이놈이 늑대들이랑 지내다 온 거예요, 피터슨 씨. 그래요, 다시 보름달이 뜨기 전에 총으로 이놈을 쏴버리는 게 좋을 겁니다. 자칫하면 이놈이 그 늑대 소녀를 이 집으로 불러들일 거예요. 그러면 당신은 늑대들의 먹잇감이 되고, 그 늑대 소녀는 당신의 피를 위스키처럼 마실 겁니다.' 내가 겁을 먹었을 것 같소? 당연히 그랬지. '늑대 소녀가 피에 취해서 길을 뛰어다니며 피터슨 씨의 목소리로 말할 겁니다.' 쿠트나이 밥이 이렇게 말했소. '당신이 더러운 짓을 한 사람들의 집을 늑대 소녀가 모두 찾아가 창가에 서서 당신의 목소리로 당신이 한 짓을 말할 거예요.' 뭐, 그 늑대 소녀에 대해서는 나도 알고 있소. 몇 년 전에 늑대무리를 이끌고 있는 게 처음 목격되었지. 지난 크리스마스에 시애틀에서 다니러 온 스타우트의 사촌도 늑대 소녀를 보았소. 다리 사이에 피투성이 덩어리가 매달려 있었다고 하더군."

"피투성이 덩어리라고요?" 그레이니어는 영혼까지 겁에 질렸다.

"그게 뭔지는 나도 모르니 묻지 마시오. 그냥 피투성이 덩어리예요. 하지만 쿠트나이의 밥은 그게 출산 부산물이거나, 아니면 자궁에서 뜯어낸 늑대 새끼의 몸 일부일 거라고 말했소. 알다시피, 그들은 그리스도를 믿지."

"뭐라고요? 누가요?"

"쿠트나이족. 그리스도와 천사, 악마, 하느님이 창조하시지 않은 생물들을 믿는다고. 늑대 피가 반쯤 섞인 생물들. 쿠트나이는 웃기는 얘기, 마녀 같은 얘기, 종교 얘기를 듣는 족족 믿어버리는 사람들이오. 동물을 사람이라고 부르니까. '코요테-사람,' '곰-사람,' 이런 식으로."

그레이니어는 길 앞에 펼쳐진 어둠을 바라보며 늑대 소녀가 나타날까 겁이 났다. "하느님, 밤에 이 길을 갈 힘을 이제 어디서 얻어야 할지 모르겠습니다." 그가 말했다.

"어떨 것 같소? 나야말로 밤잠을 이룰 수 없을 것 같은데." 피터슨이 말했다.

"하느님이 내게 힘을 주시겠지요."

피터슨이 코웃음을 쳤다. "그 늑대 소녀는 하느님이 창조하시지 않은 생물이오. 망측한 욕망을 지닌 남자와 늑대 사이에서 났다고. 당신은 남자들이랑 어울리면서 암소한테 지분거린 적이 있소?"

"뭐라고요?"

"어렸을 때 그루터기에 올라서서 암소를 사랑한 적이 있느냐고 물었소. 내가 살던 곳에서는 다들 그렇게 했거든. 그 동네에서는 그게 이상한 일이 아니었어요."

"암소나 늑대랑 아기를 만들 수 있다는 말입니까? 선생님이요? 제가요? 사람이요?"

피터슨의 목소리가 열정에 물든 것 같았다. "날이 점점 어두워지고, 보름달이 가까워지고 있다는 말을 하는 거요. 그리고 하느님이 창조하시지 않은 생물들이 있다는 말도." 그가 목이 졸린 것 같은 소리를 냈다. "하느님! 기침을 하면 몸에 난 구멍이 너무 아파요. 하지만 늑대 소녀가 무리를 이끌고 날 쫓아오지 않을까 걱정하면서 밤을 보내지 않아도 되니 다행이오."

"그럼 그 인디언이 말한 대로 한 겁니까? 선생님의 개를 쐈어요?"

"아냐! 놈이 날 쐈지."

"아." 그레이니어는 혼란과 두려움 때문에 그 이야기를 까맣게 잊어버리고 있었다. 그는 양편의 숲을 계속 감시하듯 지켜보았지만, 그날 밤에는 망측한 결합으로 태어난 생물이 모습을 나타내지 않았다.

한동안 소문이 돌아다녔다. 보안관은 그 생물을 보았다고 주장하는 목격자 몇 명을 조사한 결과, 그들이 정직하고 맑은 정신의 소유자라는 결론을 내렸다. 그리고 그들의 이야기를 바탕으로 그 생물이 암컷이라고 판단했다. 사람들은 그 생물이 잡종 새끼들, 늑대 사람들을 더 낳을까 봐 걱정하고 있었다. 그 괴물들은 결국 악마의 욕망을 자극해서 이 지역에 온갖 불길한 일들을 불러올 터였다. 그러면 이교와 미신에 빠져 있다고 알려진 쿠트나이족은 완전히 사탄의 먹잇감이 될 것이고, 불과 피로 계곡을 정화해야만 비로소……

그러나 이것은 한가한 사람들의 심술궂은 추측이었다. 선거철이 돌아오자 은본위제와 철도 주변의 땅 강탈이라는 악마가 사람들의 주의를 사로잡아, 모이 계곡 인근 산속의 수수께끼는 한동안 잊히고 말았다.

6

 결혼한 지 4년도 되지 않아 홀아비가 된 그레이니어는 옛날 집이 있던 자리 아래쪽의 강가 움막에서 살았다. 밤이 깊은 뒤에도 최대한 모닥불을 살려놓았고, 동이 틀 때까지 잠들지 못하는 날도 많았다. 그는 꿈이 무서웠다. 처음에는 글래디스와 케이트가 꿈에 나왔지만, 나중에는 글래디스만 나왔다. 그렇게 혼자 침묵 속에서 두어 달을 보낸 뒤에는 꿈에 모닥불만 나왔다. 잠들기 전에 그랬던 것처럼 모닥불을 보살피는 모습. 그가 부지깽이로 사용하는 불탄 솔가지와 손이 검은 실루엣으로만 보일 뿐이었다. 그러다 아침에 일어나서 솔가지 끄트머리와 재만 남아 있는 것을 보고는 깜짝 놀라곤 했다. 꿈에서 밤새 모닥불이 타는 모습을 지켜본 탓이었다.

3년이 더 흐른 뒤 그는 옛날 집이 있던 바로 그 자리에 지은 두 번째 오두막에 살고 있었다. 이제는 밤에 잠도 잘 잤고, 꿈에 기차를 자주 보았다. 특히 자주 나오는 기차가 있었는데, 그는 석탄 연기 냄새를 맡으며 그 기차에 타고 있었다. 세상이 휙휙 지나갔다. 그러다 어느 순간 그는 그 세상 속에 서 있고, 기차 소리가 점점 멀어졌다. 이런 장면이 어렴풋이 친숙한 것을 보고 그는 어린 시절의 기억임을 알아차렸다. 때로 자다가 깨어보면 스포캔 국제철도의 기차가 희미하게 계곡을 올라가는 소리가 들렸다. 그가 꿈에서 들은 소리가 그것이었다.

새로 지은 오두막에서 두 번째로 보내는 겨울, 12월의 어느 날 잠든 그를 깨운 것도 바로 그런 꿈이었다. 기차는 소리가 완전히 사라질 때까지 북쪽으로 계속 달려갔다. 꿈속의 다른 세상에서 다시 아이로 돌아가는 것이 무서웠기 때문에 그는 다시 잠들 수 없었다. 그래서 어둠 속에서 오두막 여기저기를 물끄러미 바라보았다. 이제는 집에 지붕도 제대로 얹고, 창문도 달고, 긴 의자 두 개와 탁자 하나도 들여놓고, 몸이 불룩한 스토브도 하나 갖추고 있었다. 그는 빨간 개와 함께 여전히 바닥의 밀짚 침상에서 잤지만, 그래도 옛날 글래디스와 케이트가 있을 때만큼 집다운 분위기가 났다. 어쩌면 그가 지금 이 어둠 속에서 악몽을 꾸고 일어난 뒤 그 사실을 깨달았기 때문에 글래디스의 영혼이 그에게 불려 왔는지도 모른다. 그녀가 모습을 드러내기 전 긴 시간 동안 그는 그녀가 이리저리 움직이는 것을 느꼈다. 눈을 감고 있어도 창문을 통해 들어오는 빛을 막고 선 누군가의 형태를 느끼듯이 그녀의 존재를 분명히 감지할 수 있었다.

그는 옆에 몸을 쭉 뻗고 누워 있는 개의 몸에 오른손을 올려놓았다. 개는 짖지도 않고 으르렁거리지도 않았지만, 유령이 모습을 점점 드러내기 시작하자 녀석의 등에서 털이 빳빳하게 곤두섰다. 처음에 유령은 흔들리는 빛처럼, 꺼지기 직전인 촛불처럼 보일 뿐이었지만, 곧 여자의 형상을 갖췄다. 희미하게 반짝이는 그녀의 빛이 흔들렸다. 그녀의 주위에서는 그림자들이 가늘게 떨렸다. 다른 누구도 아닌 글래디스가 활동사진 속 사람처럼 가물가물 가짜 모습으로 서 있었다.

글래디스는 아무 말도 하지 않고, 자신의 감정을 널리 퍼뜨렸다. 그녀는 딸을 찾을 수 없어 슬퍼하고 있었다. 아이가 없으면 예수님의 품에서 잠들 수도 없고, 아브라함의 가슴에서 쉴 수도 없었다. 그녀의 딸은 영혼들의 세계로 넘어오지 못하고 여기 산 사람들의 세상에서 머뭇거리고 있었다. 불타는 숲에 혼자 남은 아이였다. 하지만 이제 숲은 불타고 있지 않다고 그가 그녀에게 말했다. 글래디스는 그의 말을 듣지 못했다. 그의 눈앞에서 그녀는 자신의 생애 마지막 순간을 다시 겪고 있었다. 숲은 불타고, 그녀는 1분 안에 아기와 물건 몇 가지를 챙겨 오두막에서 도망쳐야 했다. 불길이 연기를 뿜으며 능선을 타고 내려왔다. 그녀는 급히 쓸어 담은 물건들이 점점 가치 없게 보여서 옷과 귀중품을 던져버리고는 열기에 쫓겨 강가로 향했다. 절벽 가장자리에서 그녀가 품에 안고 있는 것은 성경책과 빨간 초콜릿 상자뿐이었다. 그녀는 팔꿈치로 물건들을 몸에 딱 붙이고 있었다. 아기는 양손으로 그녀의 가슴에 달라붙었다. 그녀는 허리를 숙여 초콜릿 상자와 무거운 성경책을 발치에 떨어뜨리고, 아기를 앞치마 안쪽에 묶었다. 그러고는 다시 두 물건을 집어 들었다. 하지만 바위 절벽을 내려가는 동안 한 손으로 몸을 지탱해야 했기 때문에 그녀는 초콜릿 대신 성경책을 던져버렸다. 만물의 아버지인 하느님에게 무심하다는 사실을 이렇게 드러낸 것이 그녀의 패착이었다. 수면까지 20피트가 남았을 때 그녀의 발길에 돌멩이가 하나 채여 날아갔다. 그리고 심장이 한 번 뛰기도 전에 그녀는 아래쪽 바위에 부딪혀 허리가 부러졌다. 감각을 모두 잃어버린 다리가 움직이려 하지 않았다. 그녀가 할 수 있는 일이라고는 보디스의 매듭을 뜯어 아이가 자유로이 기어나갈 수 있게 하는 것뿐이었다. 물이 글래디스를 어루만졌으나, 곧 그 부드러운 힘으로 그녀를 들어 올려 데려가 버렸다. 그녀는 물에 빠졌다. 아기는 밀려왔던 강물이 남기고 간 웅덩이와 바위들 사이에 흩어진 초콜릿을 하나씩 주웠다. 수면 위로 튀어나온 80피트 길이의 가문비나무가 속까지 완전히 타서 협곡으로 떨어졌다. 불길에 휩싸인 초록색 바늘 이파리 뒤로 연기가 꼬리처럼 늘어진 것이, 불꽃으로 그려낸 뱀 같았다. 불타는 이파리들이 강물에 떨어지면서 쉭쉭 소리를 냈다. 글래디스는 이 모든 것 옆을 떠갔다. 이제는 물속이 아니라 공중에 있었기 때문에 세상의 모든 것을 볼 수 있었다. 그녀의 집 지붕에서 자라던 이끼가 둥글게 꼬부라지면서 희미하게 연기를 피워 올리기 시작했다. 오두막 벽의 통나무들은 압력을 받아 대구경 탄약통처럼 폭발했다. 화덕 옆 탁자 위에서는 불길에 휩싸인 잡지가 검게 그을려 구부러지며 한 페이지씩 공중으로 날아가 허공을 떠돌았다. 유리창도 산산조각 나고,

커튼 가장자리가 검게 변하기 시작했다. 토마토, 콩, 캐나다 버찌를 넣어둔 단지들은 부엌 개수대 위의 선반에서 녹아내렸다. 갑자기 오두막 안의 모든 램프에 불이 켜졌다. 탁자 위에서는 뚜껑이 녹은 소금 단지가 폭발했고, 곧 집 전체에 성냥처럼 확 불이 번졌다.

글래디스는 이 모든 것을 보았다. 그리고 이제 그에게도 말해주었다. 그녀는 죽음 때문에 미래를 잃었고, 산 자들에게 아이를 잃었다. 케이트는 불길을 피해 도망쳤다.

도망쳤다고? 그레이니어는 이 말을 이해하지 못했다. 강 하류의 어떤 가족이 그의 딸을 구했다는 말인가? "하지만 어떻게 그럴 수가 있지? 그런 일을 어떻게 아무도 모를 수가 있어? 그렇게 기묘한 행운이 있었다면 신문들이 크게 실었을 텐데. 모세가 그런 일을 겪었을 때 성경에 실린 것처럼 말이야."

그는 소리 내어 말하고 있었다. 하지만 그의 말을 들어줄 글래디스의 존재가 더 이상 느껴지지 않았다. 오두막은 어두웠고, 개의 몸은 이제 떨리지 않았다.

7

그 뒤로 그레이니어는 겨울에도 오두막에서 살았다. 대개 1월에 눈이 높이 쌓이면, 계곡은 영원한 침묵 속에 정지해 버린 것처럼 보였지만, 사실은 기차 소리와 멀리서 늑대들이 합창하듯 울어대는 소리, 가까이에서 코요테가 미친 듯이 날뛰는 소리로 가득할 때가 많았다. 그레이니어 본인도 늑대처럼 울부짖는 것을 일종의 스포츠처럼 즐겼다.

세상을 떠난 아내의 유령은 두 번 다시 나타나지 않았다. 때로 그는 그녀가 나오는 꿈을 꾸었다. 그녀를 데려간 거센 불길도 꿈에 나왔다. 보통 이렇게 불길이 포효하는 꿈을 꾸다가 깨어보면 스포캔 국제철도의 기차가 밤중에 계곡을 올라가며 내는 천둥 같은 소리가 사방에서 들려오곤 했다.

그러나 그는 숲에 혼자 살면서 늑대 울음소리나 내는 괴짜 홀아비가 아니었다. 그레이니어는 자신이 뭔가를 이룩했다고 생각했다. 일종의 운송 사업을 하고 있다고.

재혼하지 않아서 다행이었다. 새로운 아내를 찾고 싶었다 해도 쉽게 찾을 수 없었겠지만, 남편을 잃은 쿠트나이 족 여자라면 기꺼이 그의 아내가 되려고 했을 수도 있었다. 애당초 1에이커의 땅과 집을 꾸린 것도 글래디스 덕분이었다. 글래디스가 그의 마음과 머리에 계속 머물렀기 때문에, 그는 말과 수레를 부리면서 져야 하는 책임을 다할 수 있을 것 같았다.

겨울에는 말들을 읍내에 맡겨두었다. 벌목장에서 일하던 나이 많은 두 암말은 그레이니어와 비슷한 처지였으나 수레를 잘 끌었다. 힘도 아직 충분했다. 장비 값을 마련하기 위해 그는 마지막으로 여름에 워싱턴의 숲에서 일했다. 이번이 마지막이라는 사실이 몹시 기뻤다. 시즌이 시작하고 얼마 안 돼서 제멋대로 날아온 가지에 턱을 맞은 그는 비틀어진 왼쪽 턱을 끝내 정상으로 되돌리지 못했다. 음식을 씹을 때마다 아파서 평생 깡마른 몸매를 벗어나지 못한 가장 큰 이유가 되었다. 관절도 산산이 부서졌다. 손을 등 뒤로 잘못 뻗으면 오른쪽 어깨가 그대로 굳어버려서 누군가가 갈비뼈에 발을 대고 팔을 잡아당겨 풀어주어야 했다. "아주 세게 잡아당겨야 돼." 그는 자신을 도우러 온 사람에게 이렇게 설명하며, 눈을 감고 뼈의 통증이라는 암흑 속으로 들어갔다. "그보다 더…… 더 세게…… 계속 잡아당겨, 더, 더, 무조건 잡아당기라고…….." 그러다 보면 큰 관절이 펑과 꿀꺽의 중간쯤 되는 소리를 내며 풀어졌다. 오른쪽 무릎도 힘을 잃고 옆으로 흔들릴 때가 점점 늘어났다. 이제 그에게 짐을 함께 들자고 말하는 것이 위험한 일이 되었다. "내가 이렇게 됐으니 나한테 돈을 주기가 까다롭겠습니다." 어느 날 그가 관리자에게 이렇게 말했다. 그래도 그는 끝까지 일을 계속했다. 그가 맡은 일은 옛날에 중국인 일꾼들이 살던 오두막을 부숴서 괜찮은 목재를 골라내는 것뿐이었다. 이 일을 다 마친 뒤 그는 보너스페리로 돌아갔다. 이제 벌목꾼으로서 그는 끝장이었다.

그는 스포캔까지 그레이트 노던 철도의 기차를 탔다. 주머니에 있는 500달러 가까운 돈이면 말과 수레 값을 치르고도 남을 정도였으므로, 그는 리버사이드 호텔에 묵으면서 동네 축제에 들렀다. 그러나 그의 유희는 겨우 30분 만에 끝났다. 축제장에서 잘못된 결정을 내린 탓이었다.

축제장 한복판에서 앨버타 출신 남자 두 명이 비행기를 세워두고 하늘 구경을 시켜주겠다며 1인당 4달러의 가격으로 승객들을 받고 있었다. 꽤 비싼 가격이라 비행기에 타려는 사람이 많지 않았다. 그러나 그레이니어는 꼭 한 번 타보고 싶었다. 젊은 금발 조종사는 기껏해야 스무 살 안팎의 어린 청년이었는데, 앞에 금속 단추가 달린 갈색 조종사복을 입고 있었다. 그가 그레이니어에게 고글을 건네고는 그를 비행기 위로 밀어올렸다. "올라가서 엉덩이에 뭐라도 받치세요." 청년이 말했다.

그레이니어는 조종석 뒤의 의자에 앉았다. 땅에서 약 6피트 높이였는데, 그것만으로도 이미 상당히 높아 보였다. 양편의 두 날개는 더없이 약한 소재로 만들어진 것 같았다. 날개가 가만히 있는데 어떻게 비행기가 날 수 있는 거지? 아무래도 프로펠러로 공기를 휘저어 돌풍을 일으키는 방식인 모양이었다. 무섭게 생긴 청년의 아버지가 먼저 손으로 프로펠러를 돌려 시동을 걸었다.

그레이니어는 그저 감탄만 할 뿐이었다. 곧 비행기가 하늘 높이 떠올랐을 때, 그의 위장은 미처 따라오지 못한 것 같았다. 끝까지 그런 상태였다. 그는 마치 구름 위에서 내려다보듯 축제장을 바라보았다. 지표면이 옆으로 기울어지면서, 그의 모든 감각도 뒤집혔다. 비행기는 다시 몸을 바로 세우더니 천천히 불안하게 상승하기 시작했다. 산길을 올라가는 수레처럼 기체가 허공을 빙글빙글 돌았다. 그레이니어는 뱃속이 뒤집힐 것 같은 기분만 빼면 이런 비행에 익숙해질 것 같았다. 그때 모자와 고글을 써서 너구리처럼 보이는 조종사가 뒤를 돌아보며 뭐라고 소리를 지르고 이를 드러내며 웃더니 다시 얼굴을 앞으로 돌렸다. 비행기는 먹이를 노리는 매처럼 가파르게 하강하기 시작했다. 엔진 소리는 거의 들리지 않았다. 그레이니어의 장기들이 척추에 달라붙었다. 여름밤에 오두막에서 아내와 딸이 후드의 사르사를 마시던 순간이 보였다. 그다음에는 기억 속에 전혀 존재하지 않는 다른 오두막이 나타나고, 그의 숨겨진 유년 시절에 갔던 장소들, 광대한 황금빛 밀밭, 길 위에서 아지랑이처럼 이글거리는 열기, 그를 감싼 두 팔, 다정한 여자의 목소리가 차례로 나타났다. 이번 생의 모든 수수께끼가 풀린 기분이었다. 엔진이 다시 부르릉거리고 비행기가 수평을 회복하면서 현재의 세상이 그의 눈앞에 나타났다. 비행기는 축제장 상공을 한 번 선회한 뒤 지상으로 내려갔다. 착륙이 너무 갑작스러워서 그레이니어는 목구멍이 입 밖으로 튀어나가는 줄 알았다.

젊은 조종사가 비행기에서 내려오는 그를 도와주었다. 그레이니어는 옆으로 몸을 굴려 통통한 기체를 미끄러지듯 내려왔다. 그리고 날개에 한 손을 대고 균형을 잡으려고 했지만, 날개 자체가 튼튼하지 않았다. 그가 말했다.

"아까 도대체 뭐라고 소리친 거요?"

"이제부터 급강하한다고 말한 거예요."

그레이니어는 조종사와 악수를 하고, "정말 고맙소"라고 말한 뒤 축제장을 떠났다.

그는 오후 내내 리버사이드 호텔 앞의 커다란 포치에 앉아 있다가 마침내 팬핸들로 다시 올라갈 핑계를 찾아냈다. 보너스페리에서 어렸을 때부터 알고 지내던 에디 소어가 바로 그 핑계가 되어주었다. 여름내 번 돈을 음탕한 곳에서 모두 잃어버린 그가 염치가 없으니 집까지 걸어가기로 마음을 굳혔다고 말했기 때문이다.

에디가 말했다. "창녀한테 당했어."

"당하다니! 그 말은 누가 죽었다는 뜻인 줄 알았어!"

"아냐, 그건 죽었다는 뜻이 아니야. 난 안 죽었잖아. 차라리 죽었으면 싶기는 하지만."

그레이니어는 에디와 자신이 틀림없이 동갑이라고 알고 있었다. 그러나 늘어진 생활을 한 탓에 에디는 실제보다 더 나이가 들어 보였다. 구레나룻은 이미 하얗게 세었고, 입술이 잇몸을 중심으로 오글거리는 것을 보니 이도 거의 다 빠져버린 모양이었다. 그레이니어는 에디 몫까지 요금을 내고 함께 메도크릭으로 향하는 기차에 올랐다. 어쩌면 그곳에서 에디가 일자리를 구할 수 있을 것 같기도 했다.

한 달 뒤 메도크릭의 철로와 침목 반에서 일하던 에디는 그레이니어에게 25달러를 주겠다고 말했다. 지난여름에 남편을 잃은 클레어 톰슨이 몬태나주 녹슨에서 아이다호주 샌드포인트로 이사하는 데 도움이 되고 싶다는 것이었다. 클레어 본인은 돈을 한 푼도 낼 필요가 없었다. 에디가 클레어를 돕겠다고 나선 동기는 쉽게 짐작할 수 있었지만, 그가 그것을 소리 내어 말한 적은 없었다. "200번 도로를 따라가면 될 거야." 그가 그레이니어에게 말했다. 마치 다른 도로가 더 있는 것처럼.

그레이니어는 말과 수레를 가지고 나왔고, 에디는 매형의 모델 T 포드 자동차를 가지고 나왔다. 매형은 자동차 뒤편의 접이식 좌석을 떼어버리고 그 자리에 화물칸을 설치해 두었는데, 짐을 실을 때 주의하지 않으면 차체가 뒤집힐 우려가 있었다. 그레이니어는 아침 일찍 몬태나주 트로이에서 에디와 만나 동쪽의 불레이크 도로로 향했다. 그 길을 타고 남쪽으로 내려가면 녹슨이었다. 그레이니어는 말들이 자동차뿐만 아니라 에디 역시 싫어하는 것 같아서 반 마일쯤 앞서서 움직였다.

하인츠라는 자그마한 독일인이 트로이 동편의 산속에서 주유소를 운영하고 있었다. 그런데 그도 에디에게 뭔가 불만이 있는지 기름을 팔지 않으려고 했다. 그레이니어는 에디가 경적을 빽빽 울려대며 뒤에서 맹렬하게 다가와 하마터면 말들이 놀라서 달아날 뻔한 뒤에야 이런 문제가 있다는 것을 알아차렸다. "이봐, 이 녀석들은 온갖 소란을 다 겪었어." 그가 에디에게 말했다. 두 사람 모두 흙길 가장자리에 수레와 차를 세운 뒤였다. "무슨 일에든 다 익숙하다고. 하지만 경적 소리는 좋아하지 않아. 내 말들 주위에서 그렇게 빵빵거리지 마."

"네가 수레를 몰고 돌아가서 기름을 두세 통 사와." 에디가 말했다. "그 독일 늙은이는 나랑 말도 안 하려고 해."

"그 영감님한테 무슨 짓을 했어?"

"내가 무슨 짓을 해! 진짜야! 그놈이 그냥 괜히 사람을 몇 명 골라서 미워하는 거야. 내가 그중 하나고."

주유소 앞에는 노인의 모델 T가 서 있었다. 그는 엔진

덮개를 열어놓고 자동차 목구멍 속으로 반쯤 빠져 들어간 것 같았다. 이런 폭발성 기계와는 친해져본 적이 없는 그레이니어의 눈에는 그렇게 보였다. 그가 노인에게 물었다. "그 안에서 모터가 어떻게 돌아가는지 정말로 아시는 거예요?"

"난 모르는 게 없어." 하인츠가 침을 튀기며 자동차와 조금 비슷하게 연기를 뿜었다. "난 신이야!"

그레이니어는 무슨 대답을 해야 할지 생각해 보았다. 더 이상 대화를 이어나갈 수 없을 것 같았다.

"그럼 제가 무슨 말을 할지 아시겠네요."

"친구한테 줄 기름이 필요하겠지. 그놈은 악마야. 내가 악마한테 기름을 팔 것 같아?"

"제가 사는 거예요. 15갤런이 필요해요. 기름을 담을 통도요."

"나한테 5달러는 줘야 돼."

"상관없어요."

"좋은 친구로군." 독일 노인이 말했다. 몸집이 상당히 작았다. 그는 나지막한 바구니를 끌어 와서 그 위에 올라선 뒤에야 그레이니어와 눈을 마주할 수 있었다. "옜다, 4달러."

"그 노인한테 미움을 받는 편이 더 나아." 그레이니어는 에디의 포드 옆에 수레를 세운 뒤 이렇게 말했다. 올리브색 군용 연료통 세 개에 기름을 담아 돌아온 참이었다.

"그 노인이 날 미워하는 건, 옛날에 자기 딸이 트로이의 이발소에서 몸을 팔았기 때문이야." 에디가 말했다. "내가 그 여자의 즐거운 고객 중 하나였거든. 그 여자도 지금은 시애틀에서 점잖게 살고 있는데, 그 노인네는 왜 아직도 그러냐고."

두 사람은 녹슨 북쪽의 숲에서 야영했다. 그레이니어는 빈 수레에 편안히 몸을 쭉 펴고 누워서 늦게까지 자다가, 에디가 모델 T의 경적으로 요들송을 연주해 대는 바람에 정신을 차렸다. 에디는 이미 개울에서 몸을 씻고 온 뒤였다. 그가 모자를 쓰지 않은 모습을 본 것은 처음이었다. 제멋대로 뻗친 그의 머리카락은 대부분 하얗게 세었지만 금발이 조금 남아 있었다. 그는 면도를 하다가 상처가 난 여러 곳에 반창고를 붙였다. 셔츠에는 깃이 없는데도, 빨간색과 하얀색이 섞인 넥타이를 맸다. 넥타이가 사타구니까지 내려와 대롱거렸다. 셔츠는 옛날에 토요일 장터나 루터파 교회의 폐품 창고에서 구한 옷이었다. 하지만 볼품없는 작업화는 깨끗했고, 깨끗한 검은 바지에도 풀을 어찌나 빳

빡하게 먹였는지 걸음걸이가 달라질 정도였다. 오랫동안 방치하던 겉모습에 이처럼 갑자기 주의를 기울인 것은 자연 파괴와 같았다. 전능하신 하느님조차 마치 머리를 한 대 맞은 기분이었을 것이다. 에디도 그 사실을 잘 알고 있었다. 그는 히스테리를 억제하며 차분하게 굴었다.

"테런스 네이폴스가 우리 과부한테 들이댔어." 그는 풀 먹인 바지를 입고 차렷 자세로 서서, 얼굴에 붙인 반창고가 떨어지지 않게 이상한 말투로 그레이니어에게 말했다. "하지만 이제 내가 그 과부에게 운을 시험해 볼 차례라고 테런스에게 말했지. 녀석이 물러나지 않으면 24시간 내내 놈을 끌고 다니면서 패주겠다고. 맞아, 내가 놈을 협박했어. 하지만 괜히 허세를 부린 게 아니야. 놈의 불알이 터질 때까지 패줄 생각이었다고. 젊은 여자들 앞에서는 내가 워낙 형편없으니까, 그녀가 유일한 희망이야. 내가 쿠트나이 여자를 좋아하게 되거나, 스포캔으로 이사하거나, 윌리스까지 기어가지 않는 한." 아이다호주 윌리스는 유곽과 창녀들로 유명했다. 가끔 그곳에서 은퇴한 창녀와 살림을 차리는 사람들이 있었다. "게다가 내가 클레어를 먼저 만났어. 테런스보다 먼저. 그래, 10대 때 내가 잠깐이지만 한심하게 종교에 홀려서 예배 전에 꼬맹이들의 주일학교 수업을 맡았지. 그때 그 꼬맹이들 중에 클레어가 있었어. 아무튼, 그랬을 거야. 기억이 나는 것 같아."

그레이니어는 클레어 톰슨이 클레어 슈크일 때부터 그녀와 아는 사이였다. 그보다 몇 살 어린 그녀는 살이 조금 찌고 머리가 하얗게 세기 시작했는데도 미모가 전혀 변하지 않은 멋진 여성이었다. 클레어는 세계대전 때 유럽에서 간호사로 일했다. 결혼은 상당히 늦게 했는데 몇 년 만에 과부가 되고 말았다. 지금은 살던 집을 팔고, 샌드포인트로 가서 아이다호 팬핸들을 남북으로 달리는 도롯가에 셋집을 얻어 살 계획을 짜고 있었다.

녹슨 시는 클라크포크강의 남쪽에, 클레어의 집은 북쪽에 있었다. 따라서 그레이니어와 에디는 가게에 들러 음료수 하나도 살 틈 없이 클레어의 앞마당에 수레와 차를 세우고 집 안의 짐을 꺼내 실었다. 수레에는 자물쇠가 달린 무거운 트렁크, 각종 도구, 부엌용품 등을 말이 감당할 수 있는 만큼 최대한 많이 실었고, 나머지는 모델 T에 실었다. 그 결과 남자가 괭이를 들고 손을 뻗어야만 간신히 꼭대기에 닿을 만큼 높은 짐더미가 생겨났다. 맨 꼭대기에는 매트리스 두 개와 아이 둘, 그리고 작은 개 한 마리가 있었다. 그레이니어가 아이들의 존재를 알아차렸을 때는 이미 아이들이 너무 높이 있었기 때문에 나이도 성별도 알 수 없었다. 일은 빠르게 진척되었다. 클레어는 정오에 두 사람에게 사슴 고기와 치즈를 넣은 샌드위치와 아이스티를 주었다. 1시에는 이미 이사 행렬이 길을 달리고 있었다. 클레어는 에디의 차 앞자리에서 그와 팔짱을 끼고 앉았다. 머리에는 하얀 스카프를 쓰고, 몸에는 거의 1년 전 틀림없이 상복으로 산 것 같은 검은 드레스를 입었다. 그녀는 한 손으로 핸들을 잡은 에디와 대화를 나누며 웃어댔다. 그레이니어는 두 사람보다 꽤 늦게 출발했는데도, 긴 오르막길 꼭대기에서 두 사람을 따라잡을 때가 많았다. 그런 길에서는 자동차가 과로를 견디지 못하고 끓어넘쳤기 때문이다. 에디는 아이들이 강에서 통에 채워 온 물을 자동차에게 먹였다. 아이들은 이제 보니 둘 다 아들인 것 같았다. 행렬이 워낙 느릿느릿 움직였기 때문에 강아지가 짐더미 꼭대기에서 훌쩍 뛰어내려, 땅바닥에서 코를 킁킁거리며 뒤쥐를 쫓아다니다가 길가의 높은 곳으로 올라가 두 아이 사이로 뛰어내렸다. 아이들은 양쪽의 고정장치에 뻣뻣한 팔로 매달린 채 양발을 앞으로 쭉 내밀고 앉아 있었다.

몇 시간 뒤 그들은 어느 이웃집에 들러 총신이 두 개인 엽총 한 자루를 챙겼다. 클레어 톰슨의 남편이 돈을 빌리면서 담보로 그 집에 맡긴 물건이었다. 아무리 봐도 톰슨이 빚을 갚지는 못한 것 같았지만, 이웃의 아내는 죽은 사람을 생각해서 그 낡은 12구경 총을 돌려주라고 남편을 설득했다. 그레이니어는 길가로 말 두 마리를 데려다 놓은 뒤에야 이런 이야기를 들었다. 길가에는 이 집의 우물이 있어서 말들이 물도 마시고, 풀도 뜯어 먹을 수 있었다.

그레이니어가 아주 가까이 서 있는데도 에디는 기회를 놓치지 않고 클레어에게 진지한 이야기를 건넸다. 그녀는 자동차 안에 그와 나란히 앉아서, 머리 스카프에서 흙먼지를 떨어내고, 얼굴을 훔치고 있었다. "그러니까 내 말은……." 에디가 입을 열었지만, 이런 식으로는 안 된다는 것을 느낀 모양이었다. 그가 갑자기 자동차 문을 열고 재빨리 내렸다. 마치 늪에 가라앉는 자동차에서 내리는 사람처럼 황망한 얼굴이었다. 그는 조수석 쪽으로 열심히 달려가서 차창 앞에 섰다.

"돌아가신 톰슨 씨는 좋은 친구였어." 그가 말했다. 그리고 꼬박 1분 동안 긴장된 표정으로 기운을 끌어올린 뒤 말을 이었다. "돌아가신 톰슨 씨는 좋은 친구였어. 그래."

클레어가 말했다. "그래요?"

"응. 톰슨 씨를 아는 사람들은 누구나 정말 뛰어난 사람이었다고 하더라. 그리고 또한 누구보다…… 뛰어난 사람이었다고 해도 될걸. 사람들 말로는. 톰슨 씨를 아는 사람들."

"제 남편과 아는 사이였어요, 소어 씨?"

"이야기를 나누는 사이는 아니었어. 전에 나한테 좀 안 좋은 짓을 하기는 했지만…… 그래도 좋은 사람이었어."

"안 좋은 짓이라니요, 소어 씨?"

"내가 염소를 묶어둔 말뚝을 수레로 치고 지나가는 바람에 염소 목이 부러졌어! 일을 하느니 차라리 도둑질을 하는 개자식이었다고, 안 그래? 하지만 내 말은! 결혼할래?"

"누구랑요?"

에디는 대답할 말을 정리하지 못해 애를 먹었다. 그동안 클레어는 문을 열고 그를 옆으로 밀친 뒤 차에서 내렸다. 그리고 등을 돌린 채 서서 그레이니어의 말들을 열심히 바라보았다.

에디가 그레이니어에게 다가와서 말했다. "저 여자가 왜 누구냐고 묻는 거지? 날 말한 거잖아! 나!"

그레이니어는 어깨를 으쓱하고, 웃으면서 고개를 저을 뿐이었다.

에디는 클레어의 등 뒤 3피트 거리에 서서 그녀의 등

을 향해 말했다. "내가 말한 사람은! 결혼할 사람! 그건 나야!"

클레어가 돌아서서 에디의 팔짱을 끼고 다시 포드 자동차로 이끌었다. "당신이 아닐걸요." 그녀가 말했다. "나랑은 어울리지 않아요." 그녀는 이제 기분이 나빠 보이지 않았다.

다시 출발할 때 클레어는 수레에 올라타 그레이니어의 옆자리에 앉았다. 그레이니어는 클레어 슈크, 아니 이제는 클레어 톰슨이 된 이 여자처럼 예민한 사람과 너무 가까이 있고 싶지 않았기 때문에 그렇게 앉은 것이 불편했다. 그의 옷에서 악취가 나는 것이 문제였다. 그래서 사과를 하고 싶었지만 말이 나오지 않았다. 클레어는 말이 없었다. 그는 어떻게든 말을 걸어봐야 할 것 같았다. "저기." 그가 말했다.

"저기 뭐요?"

"저기, 에디는 괜찮은 녀석이야."

"나랑은 안 맞아요."

"그런가."

"점잖은 곳에서는 과부가 재혼 상대에 대해 뭐라고 말할 권리가 별로 없죠. 남편 없이 돌아다니는 여자들이 너무 많으니까. 하지만 여기 개척지에서는 우리가 귀한 몸이에요. 우리가 원하는 사람을 고를 수 있다고요. 그게 뭐 그리 대단한 일은 아니지만. 문제는 남자들이 너무 일찍 지쳐버린다는 거죠. 다시 결혼할 생각 있어요?"

"아니."

"그냥 지금보다 더 열심히 일을 해야 한다는 게 싫은 거잖아요. 안 그래요?"

"맞아, 그거야."

"뭐, 그럼, 재혼은 안 하겠네요, 영원히."

"난 결혼한 적이 있어." 그는 아무래도 자신을 변호해야 할 것 같다는 생각이 들었다. "그리고 지금은 내게 남겨진 모든 것에 더할 나위 없이 만족하고 있어." 그는 정말로 자기변호를 하고 있는 것 같았다. 하지만 왜 그래야 하지? 이 여자가 왜 결혼이라는 주제를 커다란 막대기처럼 흔들어대며 나한테 덤비는 거야? "남편을 찾아 헤매는 거라면, 내 주위를 어슬렁거리는 건 진짜 큰 실수야." 그가 말했다.

"나도 같은 생각이에요." 그녀는 이런 말을 하면서 딱히 기쁘지도 슬프지도 않은 표정이었다. "당신이 생각하는 당신 자신의 인상이 내 생각과 맞는지 확인해 보고 싶었을 뿐이에요, 로버트."

"뭐, 그럼."

"하느님에게는 연단에 서서 설교를 하는 사람과 숲에 사는 은자가 모두 똑같이 필요해요. 그런 생각 해본 적 있어요?"

"내가 은자 같지는 않은데." 그레이니어는 이렇게 대답했지만, 그날 하루가 끝나갈 무렵 속으로 이런 질문을 던지게 되었다. 내가 은자인가? 이런 것이 은자인가?

에디는 쿠트나이족 여자와 친구가 되었다. 그녀는 영화에 나오는 요부처럼 머리를 묶어 올리고, 입술에는 단정치 못하게 빨간색을 칠하고 있었다. 그레이니어는 두 사람이 함께 있는 것을 처음 보았을 때 그녀의 나이를 도무지 짐작할 수 없었다. 하지만 그녀의 갈색 피부에 주름이 있었다. 어디선가 육각형 안경을 손에 넣은 모양인데, 색이 어찌나 진한 파란색인지 안경 뒤의 눈이 보이지 않았다. 따라서 빛이 아주 밝을 때가 아니면 그녀가 무엇을 볼 수나 있을지 의심스러웠다. 말이 전혀 없는 사람이라 사이좋게 지내기에 아주 좋은 사람 같았다. 그러나 에디가 뭐라고 말을 걸 때마다 그녀는 혼자 투덜거리며 한숨을 내쉬었다. 심지어 아무 곡조도 없는 휘파람을 작게 불기도 했다. 만약 그녀가 백인이었다면, 그레이니어는 미친 여자라고 생각했을 것이다.

"십중팔구 영어를 모르는 거야." 그는 소리 내어 이렇게 말하고는, 주위에 아무도 없다는 것을 깨달았다. 그는 숲 속 오두막에서 혼잣말을 하다가 자기 목소리에 화들짝 놀란 참이었다. 심지어 개도 어디를 돌아다니고 있는지 밤이 되었는데도 돌아오지 않았다. 그는 화덕의 틈새에서 밝게 너울거리는 불꽃을, 커튼처럼 점점 사방을 에워싸고 있는 칠흑같은 어둠을 빤히 바라보았다.

8

　말년에 이르러 관절염과 류머티즘 때문에 때로는 아주 간단하고 일상적인 일조차 불가능해지고, 겨울에 오두막에서 2주를 보냈다가는 아예 목숨을 잃을 수도 있을 만큼 약해졌을 때도 그레이니어는 여전히 숲속의 외딴 오두막에서 매년 여름과 가을을 보냈다.

　이제는 계곡이 대화재 이전의 모습을 서서히 회복하는 일이 없을 것이라는 사실을 알게 되었어도 별로 신경이 쓰이지 않았다. 화재가 남긴 파괴의 흔적이 점점 흐릿해지기는 했지만, 계곡의 모습은 예전과 크게 달랐다. 자라는 식물이 달라진 만큼, 동물들의 종류도 달라진 탓이었다. 멋들어진 가문비나무는 이제 없었다. 거의 모든 나무가 방크스소나무였는데, 이 나무들은 울퉁불퉁하고 보기 싫게 자라는 경향이 있었다. 늑대 울음소리도 점점 더 먼 곳에서, 점점 더 드문드문 들려왔다. 코요테가 아주 많아지고, 토끼는 점점 희귀해졌다. 불탄 자리에서 길게 흐르는 모이강에서는 이제 송어를 볼 수 없었다.

그가 왜 찾아가기도 힘든 그 오두막으로 자꾸만 가는지 궁금해하는 사람이 아마 한두 명쯤 있었겠지만, 그레이니어는 단 한 번도 말해주지 않았다. 거기에 머무르기로 서약했기 때문이라는 진실을. 그는 숲이 불탄 뒤 10년쯤 지났을 때 일어난 모종의 일에 놀란 나머지 그런 서약을 하게 되었다.

쿠트나이 밥이 기차에 치여 죽은 지 2~3일 뒤의 일이었다. 그의 부족 사람들은 여전히 그의 살점을 찾으려고 철도를 따라 돌아다니고 있었다. 그 상쾌한 가을날의 사나흘 동안 저녁마다 그레이트 노던 철도회사의 기차가 메도 크릭에서부터 저 멀리 북쪽까지 연달아 길게 기적을 울리며, 경영진의 지시에 따라 이 지역을 서서히 통과했다. 쿠트나이족이 형제의 시신 조각을 수습할 수 있게 가능한 한 현장을 보존하기 위해서였다.

11월 중순이었지만 아직 눈은 오지 않았다. 달은 자정이 가까운 시간에 떠서 오전 10시까지 퀸산 위에 걸려 있었다. 낮은 짧고 환하고, 밤은 맑고 추웠다. 그래도 밤에는 소란스러운 히스테리가 가득했다.

밤이면 기적 소리에 코요테가 화들짝 놀라고, 그다음에는 늑대들이 놀랐다. 그레이니어의 친구인 빨간 개도 어딘가에 나가 있었다. 그레이니어는 벌써 며칠째 녀석을 보지 못했다. 짐승들의 합창은 보름달이 뜬 밤에 가장 화려해지는 것 같았다. 가장 광란의 소리 같기도 했다. 무엇보다 비루했다.

늑대와 코요테가 밤새 쉬지 않고 울어댔다. 수백 마리는 되는 것 같았으니, 그레이니어가 들어본 것 중에 가장 많은 짐승들이 내는 소리였다. 어쩌면 올빼미, 독수리 같은 다른 짐승도 섞여 있는 것 같았지만, 정확히 어떤 동물인지는 짐작할 수 없었다. 틀림없이 산꼭대기와 능선에서 모이강을 내려다보는 동물 중 목소리를 낼 수 있는 녀석들이 한 마리도 빠지지 않고 울어대는 것 같았다. 하느님이 창조하신 이 짐승들을 그 무엇도 달랠 수 없다는 듯이. 그레이니어는 감히 잠을 자지 못했다. 이 모든 것이 엄청난 징조 같아서였다. 어쩌면 세상의 종말을 알리는 경보일 수도 있었다.

그는 화덕에 장작을 넣고, 옷을 대충 입은 채로 오두막 문간에 서서 하늘을 살펴보았다. 구름 한 점 없는 하늘에서 달이 하얗게 타오르며 별빛을 모두 지워버렸다. 산들은 회색 실루엣으로만 보일 뿐이었다. 울부짖는 짐승 한 무리가 아주 가까이에서 점점 더 가까워졌다. 어쩌면 달리면서 짖어대고 있는 것 같기도 했다. 그러다 갑자기 놈들이 집 앞 공터로 한꺼번에 몰려나왔다. 다양한 형체와 그림자가 다양한 목소리로 비명을 질러대고, 여러 마리가 문간에 서 있는 그를 스치고 지나갔다. 녀석들의 발바닥이 쿵쿵 땅을 딛는 소리가 들렸다. 그의 머리가 "이 늑대들이 내 마당으로 들어왔어"라는 문장을 미처 만들기도 전에 녀석들은 사라졌다. 한 마리만 빼고. 그 늑대 소녀였다.

그레이니어는 꼭 기절할 것만 같아서, 쓰러지지 않으려고 문고리를 움켜쥐었다. 꼼짝도 하지 않고 있는 그 생물은 어디를 다친 것 같았다. 전체적인 모습을 보는 순간 그는 이것은 사람이다, 여자아이이다, 라는 인상을 받았다. 아이는 모로 누워서 숨을 몰아쉬고 있었다. 어린 소녀의 섬세한 구조를 갖춘, 틀림없는 사람이었지만 팔다리를 구부리고 있었다. 달빛 속에서 흐릿하게 보이는 그 생물을 제대로 볼 수 있게 된 뒤에야 알게 된 사실이었다. 아이의 폐가 움직일 때마다 겁에 질린 강아지처럼 낑낑거리는 소리와 쌕쌕거리는 소리가 났다.

그레이니어는 발작하듯이 몸을 돌려 탁자로 가서…… 자신이 뭘 찾으러 온 건지 알 수 없었다. 그는 결코 엽총을 집에 두지 않았다. 어쩌면 불쏘시개로 저 생물의 머리를 때릴 수 있을지도 몰랐다. 그는 물건들이 어지럽게 흩어진 탁자 위를 더듬다가 성냥을 찾아내서 방풍 램프에 불을 켰다. 그제야 불쏘시개가 눈에 띄어서 그는 다시 밖으로 나갔다. 발목까지 오는 내복 차림에 맨발로 램프를 높이 들고, 막대기는 앞으로 들고서 살금살금 걸어갔다. 괴물처럼 크게 비치는 자신의 그림자에도 깜짝깜짝 놀랄 정도였다. 그림자는 그가 등지고 있는 마당을 모두 채울 만큼 컸다. 죽은 풀 위에 쌓인 서리가 발밑에서 버석버석 소리를 냈다. 그 소리가 아니었다면, 그는 갑자기 귀가 멀어버린 줄 알았을 것이다. 사방을 채운 침묵이 그 정도로 깊었다. 밤의 소리들이 모두 멈췄다. 그의 충격이 계곡 전체에 고스란히 전달된 것 같았다. 들리는 것이라고는 그의 발소리와 늑대 소녀가 헐떡이며 투덜거리는 소리뿐이었다.

그가 가까이 다가가자 아이의 울먹이는 소리가 그쳤다. 그는 이 생물도 자신도 겁을 먹지 않게 조심스레 접근했다. 늑대 소녀는 겁에 질린 짐승처럼 꼼짝도 하지 않고 가만히 기다렸다. 오로지 눈동자만으로 그의 움직임을 일일이 좇았지만, 그와 시선을 마주하지는 않았다. 아이의 콧구멍 앞으로 숨결이 연기처럼 피어올랐다.

램프의 불빛을 받은 아이의 눈이 초록색으로 반짝였다. 여느 늑대의 눈과 똑같았다. 아이의 얼굴 또한 늑대와 같았으나 털이 없었다.

"케이트?" 그가 말했다. "너니?" 그랬다.

아이의 그 무엇도 그에게 대답을 알려주지 않았지만, 그는 그냥 알았다. 이 아이는 그의 딸이었다.

그가 더 가까이 다가가는데도 아이는 굳은 듯 꼼짝도 하지 않았다. 그는 그를 알아본 기색 같은 것이 저절로 나타나서 이 아이가 케이트임을 증명해 주기를 바랐다. 그러나 아이의 눈에는 오로지 두려움뿐이었다. 늑대의 눈처럼. 그래도. 그래도. 케이트였지만, 이제 케이트가 아니었다. 이제 케이트가 아닌 아이가 모로 누워 있었다. 옆으로 구부러진 왼쪽 다리의 무릎 아래에 부서진 뼈가 피투성이가 되어 튀어나와 있었다. 세 발로 기어다니다가 완전히 지쳐서 부서진 다리를 질질 끌고 온 아이일 뿐이었다. 그는 가끔 아기 케이트의 머리카락이 어떤 모양인지, 아이가 그대로 살았다면 어떤 모습이 되었을지 궁금했다. 하지만 아이는 거의 대머리였다. 듬성듬성 몇 군데에만 머리카락이 있을 뿐이었다.

그는 팔을 뻗으면 닿을 거리까지 다가갔다. 이제 케이트가 아닌 아이가 으르렁거리며 짖어댔다. 아버지가 허리를 숙이자 물어뜯을 것처럼 입을 움직이기도 했다. 하지만 곧 눈에서 초점이 사라지더니 아이의 의식도 혼미해졌다. 그가 다가가는 바람에 아이가 그대로 죽어버린 것 같았다. 하지만 아이는 살아서 그를 지켜보았다.

"케이트, 케이트. 어쩌다 이렇게 된 거야?"

그는 램프와 막대기를 내려놓고 아이를 양팔로 들어올렸다. 아이의 숨소리가 빠르고, 희미하고, 얕았다. 아이는 그의 귓가에서 한 번 울먹이다가 턱을 딱딱거렸을 뿐, 달리 몸부림을 치지는 않았다. 그는 아이를 안은 채 돌아서서 오두막으로 향했다. 램프를 바닥에 둔 채였기 때문에, 불빛에서 점점 멀어지면서 괴물처럼 커다란 자신의 그림자를 향해 가는 형국이었다. 그의 집을 집어삼킨 그림자는, 그가 계속 다가가자 마법처럼 줄어들었다. 집 안에 들어간 그는 아이를 바닥에 깔린 자신의 침상에 눕혔다. "가서 램프를 가져오마." 그가 말했다.

그가 다시 돌아왔을 때 아이는 여전히 그 자리에 있었다. 그는 주위가 잘 보이게 탁자 위에 램프를 놓고, 불쏘시개로 부러진 다리에 부목을 댈 준비를 했다. 긴 내복 상의를 허리 어림에서 잘라 머리 위로 벗은 뒤 가늘게 찢었다. 그가 양손으로 각각 아이의 발목과 허벅지를 잡고 잡아당기려 하자 아이는 무서운 한숨 소리를 냈다. 그러고는 숨소리가 느려졌다. 기절한 것이다. 그는 다리를 최대한 똑바로 폈다. 이제 서두를 필요가 없다는 생각이 들어서, 불쏘시개의 가운데 부분을 정강이 모양에 맞게 오목하게 깎았다. 그리고 침상 옆으로 긴 의자를 잡아당겨 앉은 후, 아이의 다리를 자신의 무릎에 올려 부목을 대고 끈으로 묶었다. "난 의사가 아니지만, 지금 여기에는 나밖에 없으니 어쩔 수 없구나." 그는 이렇게 말하고 나서, 환기를 위해 맞은편 창문을 열었다.

아이는 숨이 반만 붙어 있는 상태로 잠들어 있었다. 그는 한참 동안 아이를 지켜보았다. 노인처럼 피부가 쪼글쪼글했다. 손은 아래로 구부러지고, 손목 등 쪽에는 굳은살이 박여 있었다. 발은 나무의 마디처럼 단단하고 울퉁불퉁했다. 잠들어 있는데도 왜 얼굴이 늑대처럼, 짐승처럼 보이는 걸까? 그는 답을 알 수 없었다. 눈을 감고 있는 얼굴에는 생기가 하나도 없어 보였다. 이 생물의 머릿속에는 눈에 보이는 것 외에 다른 생각이 전혀 없는 것 같았다.

그는 긴 의자를 벽으로 밀고, 등을 기대고 앉아 스르르 잠들었다. 계곡을 지나가는 기차 소리는 그의 잠을 깨우지 못하고, 꿈속으로 들어왔을 뿐이다. 시간이 흘러 동틀 녘이 가까웠을 때, 그는 그보다 훨씬 더 작은 소리에 퍼뜩 깨어났다. 늑대 소녀가 움직이는 소리였다. 아이는 나가던 중이었다.

아이가 창문으로 뛰어나갔다.

그는 창가에 서서 아이를 지켜보았다. 찬란한 새벽빛 속에서 아이는 기어가다 걸음을 멈추고 몸을 옆으로 비틀어, 다리에 감겨 있는 것을 물어뜯었다. 여느 늑대나 개가 할 만한 행동이었다. 아이는 속도를 크게 내지 못한 채, 강으로 이어진 길을 계속 따라갔다. 그는 아이를 따라가 다시 데려올 생각이었지만, 실제로 뛰어나가지는 않았다.

9

 덥고 비도 내리지 않는 1935년 여름에 그레이니어는 젊었을 때 경험했던 것보다 더 강렬한 욕망에 잠깐 동안 빠졌다.

 8월 중순이 되자 6주에 걸친 가뭄이 곧 끝날 것처럼 보였다. 커다란 소나기구름이 모여들어 팬핸들 전역을 뒤덮고 열기를 가둬버렸다. 공기도 점점 습하게 무르익었다. 하지만 비가 내리지 않았다. 그레이니어는 온몸이 납덩이가 된 것 같았다. 둔하고 아무짝에도 쓸모없는 존재가 된 것 같았다. 외롭기도 했다. 빨간 개는 이미 오래전에 늙고 병들어 혼자 죽으려고 숲속으로 사라져 버렸다. 그 뒤로 그는 그 개를 대신할 다른 개를 키우지 않았다. 어느 일요일에 그는 메도크릭까지 걸어가서 기차를 타고 보너스페리로 갔다. 덜컹거리는 기차 안의 승객들이 창문을 열어두었으므로, 운 좋게 창가 좌석에 앉은 사람들은 모두 습기 가득한 산들바람을 향해 얼굴을 돌리고 있었다. 보너스에서 내린 사람들은 기진맥진한 죄수처럼 아무 말 없이 흩어졌다. 그레이니어는 마을 장터를 향해 걸어갔다. 동네 사람 몇 명이 일요일 노점을 열어놓은 그곳에서 개를 한 마리 구할 수 있을 것 같았다.

저쪽 2번가에서 감리교 신자들이 노래를 부르고 있었다. 보너스 읍내에서 다른 소리는 전혀 들리지 않았다. 그레이니어는 아직 드물게 예배에 참석했다. 마침 예배가 있는 시간에 읍내에 나왔을 때. 교회에서 사람들은 그에게 상냥하게 말을 걸어주었다. 그가 글래디스와 함께 거의 매주 예배에 나오던 시절을 기억하는 사람들이었다. 하지만 그는 대체로 교회에 간 것을 후회하는 편이었다. 교회에서 그는 자주 울었다. 모이산 속에서 살 때는 자잘하게 할 일이 워낙 많아서 다른 데 신경을 쓸 틈이 없기 때문에 자신의 삶이 슬프다는 사실을 잊어버렸다. 그러다 찬송가가 시작되면 기억이 났다.

장터에서 그는 쿠트나이족 두 명과 이야기를 나눴다.

한 명은 중년 여자고, 다른 한 명은 거의 성인에 가까운 소녀였다. 두 사람은 누군가에게 잘 보이려고 차려입은 모습이었다. 술이 달린 파란색 가죽옷을 입고, 까마귀와 매와 독수리 깃털을 대롱대롱 매단 머리띠를 한 혼혈 주술사들이었다. 그들은 늑대를 아주 많이 닮은 강아지 한 무리가 담긴 자루와 살쾡이 한 마리가 든 버드나무 우리를 갖고 있었다. 그들이 강아지를 한 마리씩 차례로 꺼내서 전시했다. 어떤 남자가 마침 그들에게서 멀어지며 말하고 있었다. "그 늑대개는 절대 기독교도가 못 될 거야."

"저건 왜 온통 파란색이오?" 그레이니어가 말했다.

"저거라니요?"

"저 살쾡이를 붙잡아 둔 우리 말이오."

소녀는 백인 혼혈 티가 많이 나서 얼굴에는 주근깨가 있고, 머리카락은 모래 빛깔이었다. 이 두 여자를 보고 그는 갈망과 두려움으로 심장이 묵직해졌다.

"그건 놈이 우리를 갉아서 도망치지 못하게 하려고 칠해둔 페인트 색깔이에요. 살쾡이가 페인트를 역겨워하거든요." 소녀가 말했다. 살쾡이의 발에는 깃털 같은 털이 나 있어서 마치 녀석이 두 여자와 똑같이 부츠를 신은 것 같았다. 중년 여자는 종아리를 드러내고 있었다. 그녀가 종아리를 긁자, 살갗에 하얀 자국이 길게 남았다.

이 광경을 보고 마음이 어찌나 흐려졌는지, 그는 장터에서 4분의 1마일이나 걸어온 뒤에야 강아지를 사지 않았다는 사실을 깨달았다. 그때까지 몇 분 동안 그의 눈앞에 보이는 것이라고는 여자의 검은 피부에 남은 하얀 자국뿐이었다. 그는 자신의 내면에서 뭔가 나쁜 일이 일어났음을 알아차렸다.

멍하니 잠겨 있던 음란한 생각이 발밑의 땅을 날려버리고 그를 누구나 흔히 겪는 성적인 광증이라는 구덩이에 던져버린 것 같았다. 이제 보니 메인 거리의 렉스 극장도 제정신이 아니었다. 극장 앞에 전시된 커다란 포스터는 지역 신문에도 실렸던 것인데, 온통 고함을 지르듯 욕망을 떠들어대고 있었다.

8월 22일 목요일 단 하루

올해의 가장 대담한 영화

〈사랑의 죄〉

지금까지 이런 영화는 없었다!

자연분만

낙태

수혈

실제 제왕절개 수술

쉽게 기절하는 사람이라면 들어오지 마시오!

전문 간호사 상주

무대에 모델들이 직접 출연

찬조 출연 미스 갤버스턴

텍사스주 갤버스턴의

유명 미인대회 우승자

16세 이하 입장 불가

낮 공연은

여성 전용

밤 공연은

남성 전용

성에 대해 역동적인 강연을 하는

하워드 영 교수

직접 출연

대담한 사실들 전격 공개

사랑의 진실

비밀스러운 죄에 대한 명백한 사실

변죽은 울리지 않는다!

그레이니어는 이 광고를 여러 번 읽었다. 목구멍이 조여들고, 뱃속이 펄떡거리면서 팔다리가 마비되었다. 비록 아주 조금이기는 해도, 자신이 대로를 걷는 동안 내내 틀림없이 노 젓는 배처럼 흔들거린 것 같았다. 자신이 미쳐버린 건지, 정신병을 고친다는 의사를 찾아가야 하는 건지 고민스러웠다.

미인이라니!

그는 방향감각을 흐트러뜨리는 욕망의 안개 속에서 더듬더듬 길을 찾아 인근 기차역 플랫폼에 도착했다. 〈사랑의 죄〉는 8월 22일 목요일에 상영 예정이었다. 그는 기차의 객차 연결문 옆에 서서 읍내를 벗어났다. 차 안에 걸린 달력은 오늘이 8월 11일 일요일이라고 알려주었다.

숲속의 집으로 돌아온 뒤 그의 본성 중 더럽기 짝이 없는 악마가 그를 괴롭혔다. 꿈에는 미스 갤버스턴이 나타났다. 그는 자기 몸을 어루만지며 깨어났다. 집에는 달력이 없었지만, 그의 사타구니에 8월 22일 목요일까지의 순간들이 새겨졌다. 낮에는 거의 한 시간마다 한 번씩 차가운 강물에 몸을 담갔지만, 밤이면 다시 갤버스턴이 나타났다.

북서부 상공의 먹구름이 뒤집힌 바다처럼 요동치며 해와 달과 별을 가렸다. 날이 너무 너무 후텁지근해서 오두막 안에서는 잘 수 없었다. 그는 마당에 침상을 깔고, 칠흑같은 어둠 속에 알몸으로 누워 밤을 보냈다.

그런 밤을 몇 번이나 보낸 뒤 비 한 방울 내리지 않은 구름이 흩어지고 하늘이 맑아졌다. 그리고 8월 22일의 태양이 떠올랐다. 그는 마당에서 온통 이슬에 뒤덮인 채 깨어났다. 골수에 차가운 기운이 가득했다. 그러나 오늘이 무슨 날인지 떠올리자, 골수가 석유 젤리처럼 변했다. 얼굴이 얼마나 붉어졌는지 눈에서는 눈물이 흐르고, 코에서는 콧물이 흘렀다. 그는 즉시 길 쪽으로 걸어가다가 돌아서서 자신의 땅을 미친 사람처럼 서성거렸다. 이날 읍내에 모습을 드러낼 용기가 나지 않았다. 누구나 볼 수 있는 길에 모습을 드러내는 것도 엄두가 나지 않았다. 갤버스턴의 여왕을 향한 욕망으로 완전히 녹아내려서 그녀가 숨 쉬는 공기를 숨 쉬고 섹스와 죄와 미의 향기를 들이마시기를 간절히 바라는 꼴이라니. 그랬다가는 죽을 것이다! 그것을 보고, 그곳에서 남들의 눈에 띄었다가는! 비밀스러운 죄에 대한 명백한 사실들을 논하는 목소리만 가득 존재하는 그 어두운 극장에서 그는 죽을 것이다. 지옥으로 끌려 내려가, 고약한 악취를 풍기는 모든 미의 대왕 앞에서 영원히 고문당할 것이다. 알몸으로 그는 마당에 흔들흔들 서 있었다.

그의 욕망은 틀림없이 완전히 비정상적이었다. 그는 짐승과도 짝짓기를 할 수 있을 것 같았다. 아주 오래전에 들은 표현을 빌리자면, 암소에게 지분거릴 수 있을 것 같았다.

오두막 뒤편에서 그는 얼굴을 아래로 한 채 넘어지면서 갈색 풀을 움켜쥐었다. 그렇게 세상과 연락이 끊긴 채, 집 위로 해가 떠서 머리카락이 더위로 간질간질해진 뒤에야 돌아왔다. 조금 걷고 나면 피가 식을 것 같아서 그는 옷을 입고 길로 나가 플레이서크릭까지 몇 마일이나 되는 길을 한 번도 멈추지 않고 걸었다. 사슴능선을 올라가서 반대편으로 내려갔다가 다시 올라가 카눅 분지로 들어갔다. 그렇게 몇 시간 동안 한 번도 쉬지 않고 산을 타면서 생각한 것은 단 하나였다. 미! 미! 그것 때문에 내가 죽겠구나. 시체 옆에서 킁킁거리는 개처럼 그것을 게걸스레 먹게 될 거야. 개처럼 그 안에서 이리저리 뒹굴면서, 미로 더러워져 끔찍한 몰골이 되겠지. 아, 갤버스턴이 그런 행사를 허락하다니! 갤버스턴이 그 미의 매춘부를 여왕으로 만들어주다니!

일몰 때 그는 딱 멈춰 섰다. 그가 서 있는 곳은 절벽이었다. 스푸르스 호수라고 불리는 물가로 내려가는 뒷길을 발견한 그는 수백 피트 아래에 있는 물을 내려다보았다. 평평한 수면이 잔잔하고, 흑요석처럼 검었다. 주위를 에워싼 절벽의 그림자가 그 호수를 잡아먹고, 상록수와 상록수의 그림자가 그 호수를 이중으로 둘러쌌다. 그 너머로 아직 햇빛을 받고 있는 캐나다 로키산맥이 보였다. 꼭대기에 눈을 얹고서 수백 마일 떨어진 곳에 서 있는 산은 구름에서 영양분을 취했다. 마치 땅이 창조되고 있는 것 같았다. 그토록 웅장한 풍경은 처음이었다. 그의 삶을 채운 숲은 너무나 울창하고 높아서 세상이 얼마나 멀리 있는지 볼 수 없게 그의 시야를 대체로 가려버렸다. 하지만 여기서는 누구나 산을 하나씩 가질 수 있을 만큼 세상에 산이 많은 것 같았다. 그에게서 저주가 사라지고, 욕망이라는 전염병도 스르르 날아가 저기 먼 계곡에 내려앉았다.

그는 절벽의 바위들 사이로 조심스레 내려와 어둠 속에

서 호숫가에 이르렀다. 그리고 가문비나무로 만든 침대에 누워, 가문비나무 가지로 만든 담요를 덮고 몸을 둥글게 구부린 채 잠들었다. 지쳤지만 편안했다. 그날 밤 렉스에서 아름다움이 전시되는 행사는 그대로 지나가 버렸다. 그는 자신이 스스로를 구원한 건지 박탈감을 심어준 건지 끝내 알지 못했다.

∗

그레이니어는 그 뒤 2주 동안 집에 있다가 다시 읍내로 내려가 마침내 개를 한 마리 구했다. 먼 북쪽에서 썰매를 끄는 종류의 덩치 큰 수컷으로 오랫동안 그의 친구가 되어 주었다.

그레이니어는 여든 살이 넘어서 1960년대까지 살았다. 살아 있는 동안 태평양에서 수십 마일 떨어진 서부까지 여행한 적도 있지만, 바다를 직접 본 적은 없었다. 동쪽으로 가장 멀리 간 곳은 몬태나주 경계선 안쪽으로 40마일 거리인 리비였다. 그가 사랑한 사람은 한 명, 아내 글래디스였으며, 재산은 땅 1에이커, 말 두 마리, 수레 한 대였다. 그는 술에 취한 적이 없고, 총기를 구매한 적도 없고, 전화

기로 대화를 나눈 적도 없었다. 기차를 자주 탔지만 자동차도 많이 탔고, 비행기도 한 번 타본 적이 있었다. 말년의 10년 동안 그는 읍내에 나올 때마다 텔레비전을 보았다. 그는 자신의 부모가 누구인지 전혀 몰랐으며, 자손을 남기지도 않았다.

그 지역의 거의 모든 사람이 로버트 그레이니어를 알았지만, 1968년 11월 언제쯤에 잠을 자다 숨을 거둔 그가 가을과 겨울 내내 오두막에 혼자 누워 있었어도 그를 궁금해하는 사람이 없었다. 봄에 등산객 두 명이 우연히 그의 시신을 발견하고는, 다음 날 의사를 데리고 왔다. 의사는 사망증명서를 작성한 뒤 두 등산객과 함께 오두막에 기대어져 있던 삽으로 땅을 파서 마당에 무덤을 만들었다. 로버트 그레이니어는 지금도 그곳에 잠들어 있다.

썰매 끄는 개를 보너스페리에서 산 날, 그레이니어는 수의사 심스 박사의 집에서 밤을 보냈다. 그의 아내가 숙박업을 하고 있기 때문이었다. 심스 박사는 당시 렉스 극장에서 공연 중이던 프로그램의 표를 몇 장 구했다고 말했다. 시어도어라는 말이 놀라운 재주를 보이는 프로그램이었는데, 심스 박사가 직업상 그 공연의 주연배우, 즉 시어도어를 진찰한 덕분에 생긴 표였다. 시어도어의 주인인 카우보이는 시어도어의 똥에 피가 섞여 있다고 말했다. 그건 안 좋은 징후였다. "이 표를 가지고 가서 녀석의 재주에 감탄해 봐요." 수의사가 감사의 표시로 받은 표 한 장을 그레이니어에게 밀어붙이며 말했다. "반 년 뒤면 그 녀석이 개 먹이가 됐는지 끈적끈적한 점액 덩어리로 변했는지 궁금하지도 않을 테니까요."

그레이니어는 그날 밤 어두운 렉스 극장에서 자신과 거의 비슷한 사람들과 함께 앉아 있었다. 북서부의 산속에서 힘든 일을 하는, 그레이니어와 비슷한 사람들이었다. 그들은 대부분 시어도어의 재주보다는 그 주인의 반짝거리는 옷차림과 마법 밧줄에 훨씬 더 감탄했다. 시어도어는 발굽으로 무대를 두드려 덧셈과 뺄셈을 하고, 뒷다리로 서서 빙글 도는 등 여러 재주를 보여주었지만, 그날의 관객들은 모두 개에게 그런 재주를 직접 가르칠 수 있는 사람들이었다.

1935년 그날 밤의 공연에는 늑대 소년도 나왔다. 털로 만든 가면을 쓰고, 털처럼 보이지만 사실은 털이 아닌 옷을 입은 소년은 은색과 파란색 전기 조명 속에서 까불까불 장난치며 무대를 돌아다녔다. 관객들은 그걸 보고 웃어야 하는지 잘 알 수 없었다.

그들은 멍청이처럼 속아서 온 게 아니라는 사실을 증명하기 위해 웃을 준비가 되어 있었다. 이미 전에 자석 소년과 닭 소년, 멍청이 교수, 저글링 곡예사를 보고 웃은 적도 있었다. 가슴을 가볍게 해주고, 수십 명에게 세례를 준 목사의 설교를 돈 내고 들은 적도 있었다. 비록 그 목사는 나중에 쿠트나이 마을에서 술에 취해 뒹굴며 인디언 여자들과 간음을 저질렀지만. 오늘 밤에는 가짜 괴물의 공연 앞에서 일단 침묵했다. 그러다 두어 명이 질문처럼 들리는 소리를 냈고, 어떤 남자가 어둠 속에서 거위 소리를 흉내 내자, 사람들은 그제야 늑대 소년을 향해 웃어댔다.

그러나 사람들은 순식간에 갑자기 잠잠해졌다. 소년이 무대 중앙에 가만히 서서 양팔을 쭉 뻗고 온 몸이 뻣뻣하게 굳었다가, 속에서 무슨 엄청난 일이 일어난 사람처럼 덜덜 떨기 시작했기 때문이었다. 그렇게 꼼짝 않고 서서 이상하게 움직이는 사람은 한 번도 본 적이 없었다. 소년은 뒤통수가 척추에 닿을 때까지 고개를 한껏 젖히고, 목구멍을 열었다. 그러자 사방에서 불어오는 바람 같은 소리가 극장 안에서 낮고 무섭게 생겨났다. 발밑에서 바람이 우르릉거리는 것 같기도 했다. 그 소리가 한데 모여 포효처럼 변하더니 사람들의 청각 그 자체를 쪽쪽 빨아들여 목소리로 변했다. 그 목소리가 콧구멍으로 들어와 마침내 사람들의 뇌 속으로 침투해서 계속 높이 올라가며 점점 더 끔찍하고 아름답게 변했다. 배의 경적 소리, 기관차의 외로운 기적 소리, 오페라 가수의 노랫소리, 플루트 소리, 계속 신음하는 것 같은 백파이프 소리 등 비슷한 모든 소리의 출발점인 이상적인 소리였다. 그러다 갑자기 모든 것이 암흑이 되고, 시간이 영원히 사라졌다.

존슨은 인간이 과거에 사로잡히는 방식을 그린다. 《기차의 꿈》은 완벽히 절제된 중편으로, 누구나의 삶 속에 있는 상실과 기억의 그림자를 보여준다. 기차에서 시작해 기차 앞에서 끝나는, 이동과 정지의 이야기다. 　　뉴스 리뷰

존슨은 그레이니어의 '고독'을 섬세하게 그려낸다. 평범한 남자의 단조로운 모험과 그가 속한 '북서부 산맥의 단단한 사람들'을 통해, 인간의 깊은 본성과 호기심을 느끼게 한다. 대부분의 독자는 이 정교하게 새겨진 문장의 부조 속에서 여전히 그가 살아 있음을 느낄 것이다. 　　NPR

이 소설은 수정처럼 단단하고 정교하게 세공된 작품이다. 문체는 단순하지만 서정적이며, 그 맑은 아름다움은 그가 묘사하는 세계를 그대로 비춘다. 그레이니어의 '근원적인 외로움'은 특히 인상적이다. 　　커먼웰

그레이니어의 이야기는 평범한 사람의 삶을 비범한 방식으로 그린다. 극도로 간결하면서도 마법 같은 문장들 속에 존슨의 최고 수준의 글쓰기가 드러난다. 거대한 기차와 제재소, 숲과 불, 그리고 '차이나맨'의 저주 같은 설화적 요소가 얽혀, 성경적인 비극을 현대의 풍경 속에 되살린다. 　　아츠 퓨즈

존슨의 문장을 읽다 보면 세상이 그의 인식 속에서 새로 구성되는 듯하다. 그의 문체는 쓰였다기보다 '받아 적힌' 듯한 투명한 전달력을 지닌다. 이 책은 동시에 매우 유머러스하기도 하다. 　　패스터 타임스

전미도서상 수상 작가 데니스 존슨은 아이다호 북부 산맥의 철도 노동자 로버트 그레이니어의 삶을 통해, 서사시와 같은 거대한 스케일의 이야기를 짧은 분량에 능숙하게 담아냈다. 황야의 고딕적 정조, 외딴 자연과 토착 신화가 섞인 배경, 그리고 인간과 자연이 빚어내는 폭력이 어우러져, 독자의 감각에 오래 남는 어둡고도 깊은 여운을 남긴다. 강력히 추천한다. 　　라이브러리 저널

옮긴이 김승욱

성균관대학교 영문학과를 졸업하고 뉴욕시립대학교 대학원에서 여성학을 전공했다. 동아일보 문화부 기자로 근무했으며 현재 전문 번역가로 활동 중이다. 옮긴 책으로는 존 윌리엄스의 《스토너》, 에이모 토울스의 《테이블 포 투》, 프랭크 허버트의 《듄》, 콜슨 화이트헤드의 《니클의 소년들》, 존 스타인벡의 《분노의 포도》 등이 있다.

기차의 꿈

초판 1쇄 발행 2025년 12월 10일
초판 2쇄 발행 2025년 12월 29일

지은이 데니스 존슨
옮긴이 김승욱
펴낸이 김선식

부사장 김은영
콘텐츠사업본부장 임보윤
책임기획 김보람 **책임편집** 김영훈 **디자인** 박영롱 **책임마케터** 최민경
콘텐츠사업2팀장 김보람 **콘텐츠사업2팀** 박하빈, 채윤지, 김영훈, 박영롱
마케팅사업1팀 이고은, 지석배, 최민경, 이현주, 김은지 **홍보1팀** 김민정, 홍수경, 변승주
브랜드사업본부장 정명찬
브랜드홍보팀 오수미, 서가을, 박장미, 박주현 **영상홍보팀** 이수인, 염아라, 이지연, 노경은
저작권팀 성민경, 이슬, 윤제희 **편집관리팀** 조세현, 김호주, 백설희
재무관리팀 하미선, 임혜정, 이슬기, 김주영, 오지수 **인사관리팀** 강미숙, 김혜진, 김주림, 황종원
제작관리팀 이소현, 김소영, 김진경, 유미애, 이지우
물류관리팀 김형기, 김선진, 주정훈, 양문현, 채원석, 박재연, 이준희, 최대식

펴낸곳 다산북스 **출판등록** 2005년 12월 23일 제313-2005-00277호
주소 경기도 파주시 회동길 490
대표전화 02-704-1724 **팩스** 02-703-2219 **이메일** dasanbooks@dasanbooks.com
홈페이지 www.dasanbooks.com **블로그** blog.naver.com/dasan_books
종이 신승INC **인쇄 및 제본** 상지사 **코팅 및 후가공** 평창피엔지
ISBN 979-11-306-7265-6 (03840)

· 책값은 뒤표지에 있습니다.
· 파본은 구입하신 서점에서 교환해 드립니다.
· 이 책은 저작권법에 의하여 보호를 받는 저작물이므로 무단 전재와 복제를 금합니다.

다산북스(DASANBOOKS)는 책에 관한 독자 여러분의 아이디어와 원고를 기쁜 마음으로 기다리고 있습니다.
출간을 원하는 분은 다산북스 홈페이지 '원고 투고' 항목에 출간 기획서와 원고 샘플 등을 보내주세요.
머뭇거리지 말고 문을 두드리세요.